赵丽宏美文精选
—赏析版—

人物卷

永远的守灯人

赵丽宏 著

浙江少年儿童出版社·杭州

图书在版编目(CIP)数据

永远的守灯人 / 赵丽宏著. -- 杭州：浙江少年儿童出版社, 2023.10
(赵丽宏美文精选：赏析版)
ISBN 978-7-5597-3440-2

Ⅰ.①永… Ⅱ.①赵… Ⅲ.①散文集—中国—当代 Ⅳ.①I267

中国国家版本馆CIP数据核字(2023)第182812号

赵丽宏美文精选·赏析版
永远的守灯人
YONGYUAN DE SHOUDENGREN
赵丽宏/著

责任编辑	卢科利
内文插图	画画的陈一丘
封面绘图	黄　兰
封面设计	潘　洋
责任校对	马艾琳
责任印制	孙　诚

浙江少年儿童出版社出版发行
地址：杭州市天目山路40号
浙江新华印刷技术有限公司印刷
全国各地新华书店经销
开本880mm×1230mm　1/32
印张5.5　插页12
字数101000
印数1-10000
2023年10月第1版
2023年10月第1次印刷
ISBN 978-7-5597-3440-2
定价：36.00元
(如有印装质量问题，影响阅读，请与承印厂联系调换)
承印厂联系电话：0571-85164359

目录

名家习作营

把人物写活　　　　　　003
亲情的纪念　　　　　　006

名师研读课

炊烟　　　　　　　　　012
青鸟　　　　　　　　　019
自清好公　　　　　　　029
元狗　　　　　　　　　038

热爱生命	046
亲婆	053
雨夜飞来客	067
美丽的翅膀	075
第一封信	083
学步	090
阳台	096
童画	104

拓展 阅读吧

戈壁魂	115
三峡船夫曲	121
顶碗少年	128
峡中渔人	132
亮色	135
永远的守灯人	138
挥手	148
盯梢	161
母亲和书	166
死,是可以议论的	171

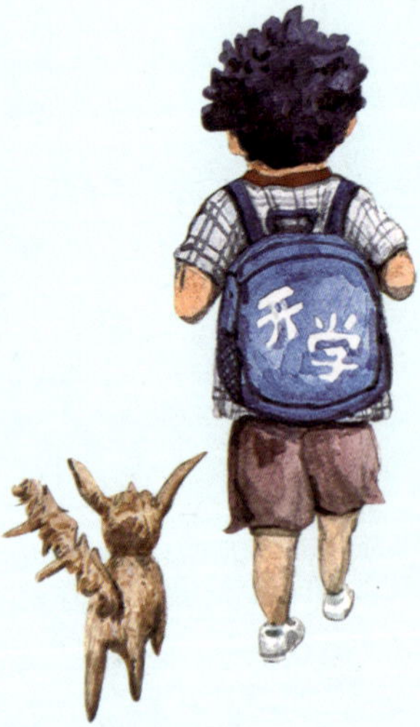
开学

名家习作营

把人物写活

在散文中写人,好比在白纸上画人。画人是否成功,很多人觉得要紧的是是否画得逼真,画得像。其实,人物画,逼真并不是最重要的,仅追求逼真,那不如拍照片,咔嚓一声,就把人物拍下来,和真人一样。而人物画的更高境界,是画得传神,画出人物的精神和感情。这就是绘画艺术家和画匠的区别。

写文章的道理也是一样的,写人物的散文,必须把人物写得生动传神,写出人物的个性。不仅写出他们的外表形象,也要刻画出他们的内心世界。

绘画有各种各样的种类,油画、国画、水彩画、版画、素描、速写,虽然用的材料和工具不同,但本质是一样的,通过丰富的色彩和线条,勾勒描绘出人物的形象。写文章,是用文字作为色彩和线条,画出人物的形象和精神。什么是文字的色彩和线条？答案很简单，就是体现人物性格的细节、情景和故事。能给读者留下深刻印象的人物散文，一定有让人难忘的细节。这些细节，也许很平常，也许很特别，但在不同的场景中，它们可以生动传神地体现人物的情感和性格。譬如朱自清写父亲的散文《背影》，就是通过一个看似平常的细节——送别时，父亲为儿子爬过车站月台买橘子的背影，体现父爱。为什么这样的细节能让作者流泪，也让读者感动？因为这样的情景，正是父爱最生动的表现。父子亲情，就体现在这样细微却真实的细节中，如果不经意，这样的细节转瞬即逝，留不下任何痕迹。但如果被有心人观察到并用文字记下来，它们就会成为刻画人物的动人细节。

　　我写了大半辈子散文，其中很多是写人物的，收在这本集子中的，只是其中的一小部分。重读这些写在不同年代的文字，眼前会出现一个个不同的人物。这些人物中，有我熟悉的长辈和朋友，有的人曾经朝夕相处，有的人只是见过几面，有的人甚至是素昧平生，只是匆匆一见，甚至只是擦身而过。然而这些人物，都成为我散文的主体。写长辈的文字，表达的是亲情，譬如几篇写父亲的散文《热爱生命》《挥手》，文中用的是不同的故事和细节。《热爱生命》中写父亲养金铃子。《挥手》是父亲去世后我对父亲的回忆，文中有很多故事和情景，但有几个细节也许会给读者留下较深的印象，那是父亲在不同时代三次为我送别的情景。这样的细节，也许都很平淡，不是什么大事，但在父子之间，却是刻骨铭心的记忆。《母亲和书》写了我对母亲的误会，以为母亲对我的创作没有兴趣，没想到母亲那个藏在密室的书柜，是收藏我的著作最完整的所在。这样的故事和细节，有点曲折，也有点特别，这使我对母爱有了更深的体验和了解。有些我在散文中写过的人物，其实素昧平生，我为什么会写他们？因为他们的言行举止吸引了我，感动了我，引起了我的联想和思索。譬如《峡中渔人》，是我在长江边遇到的打鱼人，我只是远远地观察他们，他们面对急流的沉默执着，他们那种惊人的耐心，让我难以忘怀。《亮色》的构思写作，也是缘于一次偶然的路遇，一个坐轮椅去菜场买菜的残疾人，买了一束鲜花回家。我在路上观察他很久，那束价格远高于蔬菜的鲜花，让我产生很多猜想，由此推想轮椅上这位残疾人的人生。回到家里，脑子里一直想着那轮椅和鲜花，于是写成了《亮色》。

　　画家画人，有浓墨重彩、工笔精绘，也有简约写意、轻描淡写，只要抓住要点，画得传神，画出人物的特点和灵魂，就是佳作。写文章也一样，可以用大量的细节和情景详尽地写，也可以只是一两个细节，甚至是一句话、一个眼神和表情，寥寥数笔，就写活了人物，写出了人物的真性情。

亲情的纪念

关于亲情，我写过一些散文，写过祖母外婆，写过父亲母亲，也写过兄弟姐妹。这些文字，是亲人间的真情记录，是亲情的珍贵纪念。写亲情，并不是作家的专利，人人都可以把自己对亲人的感情写出来，人间的亲情以各种不同的方式，各种不同的情景繁衍在大地上，写成情真意切的美文，也许可以恒久流传。

这本书中收入的一些文章，是我和儿子之间的交流，融入了一个父亲的舐犊之情。其中最早写成的文字，是我初为人父时的感受。当时写这些文字的初衷，就是想记下我们父子间的交流，为自己，也为儿子留一个纪念。其中的大多数篇章，我都以和儿子对话的口吻来记录。

这些文字的记录，从儿子在襁褓中开始，一直到儿子上小学，时间的跨度是十余年。儿子的哭、笑、言语、学步、游戏、弹钢琴、学绘画、对世间万物的认知……所有一切，都记在我的文字中。这是一个父亲在观察、陪伴儿子成长的过程中产生的心得和感悟，是父子间亲密的交流，也是人间珍贵的亲情。

父母哺养儿女，付出很多辛苦，但在这个过程中，成长中的儿女给父母带来的快乐更多。当父母的，心甘情愿地为儿女付出，这是责任，也是天性。我对带给父母快乐的儿女，也心存着感恩。这种感受，孩子也许不知道。而这些记录亲子记忆的文字，会把这珍贵的一切都凝固在其中。

孩子成长的道路上，每天都会发生让父母担忧或者惊喜的事情。譬如学走路，是每个孩子必经的过程，也是每个父母都会看到的情景。发现儿子离开摇篮，突然能独立行走的那一刹那，作为父亲我难抑心中的惊喜，写成一篇短文《学步》，回顾了儿子学会走路的过程，也写出了与此相关的思考。儿子跌跌撞撞到处行走，跌倒了爬起来继续走，"摔跤摔不冷你渴望学步的热情。在室外，你更是跃跃欲试，两条小腿像一对小鼓槌，毫无节奏地擂着各种各样的地面。你似乎对平坦的路不感兴趣，哪里高低不平，哪里杂草丛生，哪里有水洼泥泞，你就爱往哪里走。只要不摔倒，你总是乐此不疲。这是不是人类的天性？"

我在文章中发出这样的感慨："儿子，你的旅途还只是刚刚开始，你前面的路很长很长，有些地方也许还没有路，有些地方虽有路却未必能通向远方。生命的过程，大概就是学步和寻路的过程。儿子啊，你要勇敢地走，脚踏实地地走。"

我的儿子在上小学六年级的时候，在语文课本里读到《学步》，他发现，自己成了语文课本中的主角，他的同学们告诉他：你爸爸写的事情，我们家里也发生过。

亲爱的孩子，如果你是这本书的读者，但愿其中的有些篇章会引起你的共鸣，因为，在你成长的过程中，一定有过类似的和父母交流的经历。你可以试着用自己的方式，把这样的经历以及感受写出来。

名师

赏析篇

阅读导入

"炊烟",现在我们可能很少见到,主要指的是在偏远的地方,因为使用柴火、稻草等物来烹制食物而产生的大量烟气。就是这样的一个事物,却给作者带来了别样的感受:"一种动人的招手""一种充满魅力的微笑""一方柔情的白手绢""一个质朴的希望"等等。他真的是在写"炊烟"吗?你可以带着这些疑问去读一读。

这篇小文叙述了作者的一次旅途中的经历。让他难忘的是,他在那座山里的两间小木屋内受到的款待。那小木屋里的两夫妻总是给他意想不到的照顾,读的时候找找有哪些意想不到的事情?他是如何描写这两个人物的?

炊烟

在人迹罕至的深山密林里，假如看见一缕炊烟……

在饥肠辘辘的旅途中，假如看见一缕炊烟……

也许不会有什么比它更亲切了。那是一种动人的招手，是一种充满魅力的微笑，是一个似曾相识的陌生人友好地向你挥动着的一方柔情的白手绢……

掸落飘在肩头的枯叶，擦了擦额头的汗珠，我终于看见了在远方山坳里的炊烟，它优美地飘动着，无声无息地向我透露着一个质朴的希望。心中的惶乱被它轻轻地抚平了——在深山里走了大半天，饥饿、疲乏、山重水复的怅惘，使我的脚微微地颤抖，步伐也失去了沉稳的节奏……

> 文章开门见山，连用几个比喻句形容炊烟的亲切。这种切入文章的方式值得借鉴和学习。

我急匆匆地走向山坳，走向炊烟，想象着炊烟下可能出现的情景：大蘑菇似的小木屋，屋里许是一个白胡子的看林老人，许是一个山泉般水灵的小姑娘，都带着一些童话的色彩……

果然看见两间小木屋了，只是普普通通，不像大蘑菇。木屋里走出一个胖胖的中年妇女，黑红的脸颊上，洋溢着只有山里人才有的那种健康的光彩。"客人来啦，快进屋里歇吧！"没等我开口，她就笑声朗朗地叫起来。一个矮小的男人应声走出来，这自然是她的丈夫了，他只是微笑着点头，似乎有些腼腆。

"能不能……麻烦买一点吃的？"早已过了吃午饭的时间，我不好意思地问。

"那还要问？坐下，先喝碗茶！"她把我按在一把竹椅上，转身从灶台的铁锅里舀给我一碗热气腾腾的开水，又悄声叮嘱了丈夫几句，那男人一声不吭地走出门去了。

灶台有点脏，她也许怕我看了不好受，找来一块抹布仔细擦了一擦。"山里

> 这是第一处让"我"意想不到之处，与"我"想象的有着很大的差别。

人邋遢，将就一下啦！"她一边笑着，一边又从水缸里舀水洗那口空着的铁锅，一连洗了三遍。

不一会儿，那男人拎着满满一篮红薯和芋头回来了，并且已经在山溪中洗得干干净净。她把红薯和芋头倒进锅里，坐到灶背后烧起火来，男人不知又到哪里去了。

小木屋里静下来，只有门外的哗啦哗啦的林涛和灶膛里哔剥哔剥的柴火，一起一落地在耳畔响着，协奏出一首奇妙的曲子。我喝着茶，打量着小木屋里的一切：简朴而结实的桌、椅、橱；门背后各种各样的农具；一架亮晶晶的半导体收音机，挂在一张毛茸茸的兽皮边上……这山里的农户，真有点世外桃源的味儿。

红薯和芋头馋人的香味在小木屋里飘溢着。"吃吧，爱吃多少就吃多少，只是别嫌粗糙啦。"她把一大盆冒着热气的红薯、芋头放到我面前。

哦，红薯和芋头，竟是那么香，那么甜，不仅抚慰了我的饥肠，也驱除了我的疲乏。这是我一生中最美的午餐之一！

> 这是第二处让"我"意想不到之处，与想象中的"童话的色彩"形成反差——简朴而实实在在。

她坐在一边，快活地笑着看我狼吞虎咽，手中不停地打着一件鲜红的毛衣，毛衣不大，像是孩子穿的。

"你有几个孩子？"

"有两个女儿，到山外读书去了，一个上小学，一个念中学，都寄宿在学校里。我想让她们将来都上大学呢！现在山里人富了，什么也不愁，就指望孩子们有出息。"她笑着回答，语气是颇为自豪的。这小木屋里，也有着和山外世界同样的憧憬和向往……

吃饱了，歇够了，该继续赶路了。我掏出一些钱给她。

"钱？"她又笑了，"这儿又不是商店，快放回你的口袋里吧。如果不忘记山里的人，以后再来！"我的脸红了，也不知是为了什么，也许是为了城里人的习惯……

起身走时，我发现背包变得沉甸甸的，打开一看，竟塞满了黄澄澄的橘子！是他，原来刚才去了橘林。"都是自家种的，带着路上解解渴。"他在一边腼腆地

这是第三处"意想不到"，吃饭给钱，天经地义，却被女主人朴实的话语给说服，也让"我"脸红起来。

这是第四处"意想不到"，这里将关注的视角悄悄挪移到男主人身上，和前文自然地连接起来。这样一个腼腆、不怎么爱说话的男人，却如此温情与憨厚，让人难以忘记。

笑着，声音很轻，却诚恳。

我走了。她和他并肩站在门口，不停地向我挥手。

"再来啊！"他们的声音在山坳里回荡……

走远了，小木屋消失在绿色的林涛之中，只有那一缕炊烟，依然优美地在天上飘……再来，也许永远没有机会了，然而我永远也不会忘记武夷山中的这一缕炊烟。炊烟下，并没有什么惊心动魄的传奇故事，却有真诚，有淳朴，有人间最香甜的美餐……

> 文章从"炊烟"开始，并以"炊烟"结束，做到了首尾呼应。中间具体叙述四次出现的"意想不到"，看似有些意外与矛盾，但作者巧妙地抓住这些矛盾，自然而然地将人物的形象突显出来。

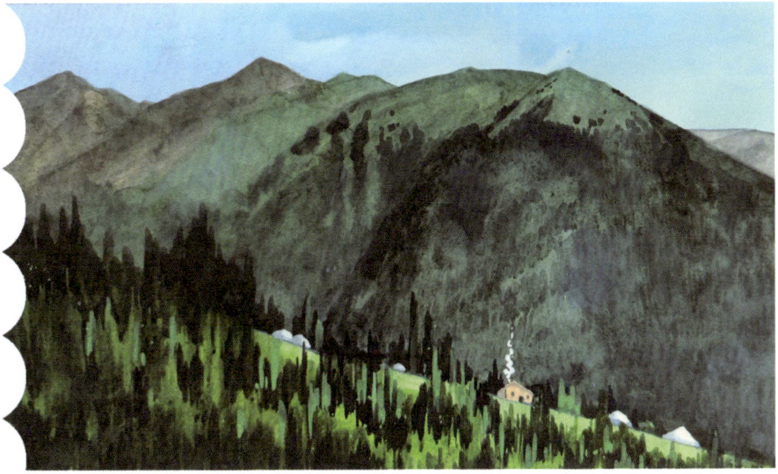

炊烟下,并没有什么惊心动魄的传奇故事,却有真诚,有淳朴,有人间最香甜的美餐……

名师赏析

  这篇名叫"炊烟"的文章很特别,作者在普通的炊烟身上,赋予了很多情感:温暖、希望、友好等等,而且"炊烟"只出现在开头与结尾,文章的中间没有再出现过。这种首尾呼应的写作手法能让文章结构清晰,也能突出主题。

  为什么要以"炊烟"为题目呢?因为看到"炊烟","我"才判断出这里有人家,才会碰到这对与"我"想象中不同的夫妻。"炊烟"就是引导"我"的使者,也是温暖和希望的象征。

  这山中的经历就如作者所言,没有"惊心动魄的传奇故事",但是却给了作者极深的印象:那炊烟、那山、那人。作者在文章中选择自己印象最深刻的东西来表达自己的情绪与想法,我们不妨跟他一样,用印象最深刻的东西串联起自己的记忆。写作时,需要挖掘触动心灵的瞬间,情感真挚便会打动更多人。

阅读导入

一个名字都未必知道、只能称之为"老张头"的老邮递员,作者却要将他细致地刻画出来,这一定有着某种特别的原因。现在邮递员已不常见,他们的工作跟"快递小哥"差不多,这样的人怎么会让作者如此难忘呢?

作者抓住哪几个方面来刻画"老张头"的?让我们带着这种好奇试着走进这篇文章所营造的那个世界,感受作者所刻画的那个人物。

青鸟

下了一夜大雪。天刚亮,透过镶满冰凌花的窗玻璃向外看,只见一片耀眼的白色。红色的砖墙、青灰色的屋脊、墨绿色的柏树枝,全都变白了,仿佛世界上所有的色彩都融化在这单调的白色里。北风在低低地吼叫,窗台上的积雪飞着、飘着,似在炫耀雪天的寒冷……

门缝里,悄然塞进一张沾着雪花的报纸来。是那个年轻的女邮递员,冰天雪地的,她还是这么早就来了。我打开门,她已经远去,那绿色的背影在晶莹的白雪之中晃动着,显得分外鲜亮。雪地上,留下一行深深的脚印,弯弯曲曲,高高低低,从这一家门口,通向那一家门口……

我捧着报纸,却看不下一行,那一团鲜亮的绿色,老是在我的眼前晃动、跳

> 文章一开始就照应题目——青鸟。明明是一篇写人的文章,却以动物的名称为题,让人心生好奇。文章在这里揭开了谜底——鲜亮的绿色像一只青鸟,这绿色来自邮递员的绿制服,来自他们的邮袋。

跃、飞翔，它仿佛化成了一只翩然振翅的鸟，飘飘悠悠地向我飞过来……

绿色的鸟，在广袤的田野里飞着。近了，近了——原来是一位送信的老人，骑着自行车急匆匆地过来了。他的脸是深褐色的，常年在旷野里奔波的乡邮员大多这样，只是他的脸上还刻满了深深的皱纹。他的一身绿制服已经洗得很旧，只有车上挂着的那只邮袋还是绿得那么醒目。

"小伙子，这是你的信吧，想家吗？"当他第一次把信送到我手里时，微笑着轻轻问了一句。不知怎的，这位年迈的邮递员，一见面就使我感到亲切，在他善意的微笑里，在他关切的询问中，我看见了一颗充满着同情和关怀的长者之心。

这是一个沉默寡言的老人，在农村送了几十年信。每天，他的自行车铃声在田埂上一响，田里干活的人便围了上去。于是他便开始默默地分发信件，只是偶尔关照几句。他不仅能叫出方圆几十里地的大多数人的名字，还了解每家每户的情况呢。人们亲切地叫他老张头。他管送信，也兼管寄信。社员们发信、寄包裹，都拜托他。每每一圈跑下来，他的邮袋非但不空，反而装得更鼓了。逢到雨天，乡间的泥路便不能骑车了。这种时候，老张头要迟一点来。他穿着一件宽大的雨衣，背着一个沉甸甸的大邮袋，背脊稍稍佝偻，显得十分矮小。尽管总是一脸雨，一脸汗，一身污泥，急匆匆的步子常常吃力而又蹒跚，然而他却从来没有耽误过一次。这几十里泥路，实在是够他受的。

那时候，信是我生活中多么重要的内容啊。在那些小小的信封里，装着亲人们的问候，装着朋友们的友情，也装着我的秘密——远方，有一个善良而又倔强的姑娘，不顾亲友的反对，悄悄地、不附加任何条件地把她最纯真的初恋给了我。她在都市，我在乡村，在许多人眼里，这不啻有天壤之别。有了她，我生活中的劳累、艰辛，仿佛都容易对付了。像所有在初恋中的青年人一样，我激动、陶醉，常常陷入幸福的遐想……这一切，都是她的那些热情的信给我带来的。而所有的来信，又都是通过这位老邮递员送到我手中的。下乡不多几天，我就深深地感觉到，这位送信的老人，对于我是何等的重要！每天，我都急切地盼望着，盼望着他的绿色的、瘦小的身影出现在那条被刺槐树掩隐的小路上。那心情，就像远航在大洋上的水手盼望着从空蒙的海面上升起飘忽朦胧的海岸，就像跋涉在沙漠里的旅人盼望着从荒寂的黄丘中露出郁郁葱葱的绿洲。每次见

老邮递员带来了信，信是"我"的寄托，寄托了"我"对生活的希望和动力。正因为如此，作者才用两个比喻句形象生动地表达自己对老邮递员到来的期待和渴望。

到他，我的心总会扑通扑通地跳起来，血也仿佛流得更快：今天，会有她的信吗？

这一切，这送信的老人想来是不会知道的，他每天要投送成百上千封信啊。他的表情好像有点麻木，密密的皱纹里，似乎流淌着几丝忧悒。然而对我，他却总是特别关注一点，每次把信送到我手里时，他会朝着我友好地点头一笑。日子久了，我觉得他那一笑似乎变得意味深长了。这笑里，有关心，有赞许，也有鼓励，有时他还会笑着轻轻地对我说一句："又来了。"又来了？是她又来了！哦，这老人，仿佛已经知道了我的秘密。或许，在那些右下角印着金色小鸟的相同的信封上，在信封上那娟秀的字迹里，在那个固定不变的寄信人的地址中，他隐约窥见了我的秘密。

人与人的了解，真是一件难以捉摸的事情。有些人整天厮混在一起，海阔天空，无所不谈，过后细细一想，却仍然有一层烟雾笼罩着，只能看出一个模糊不清的轮廓。而有些人交流甚少，只是一次偶

> 这是对老人繁杂的工作的侧面描写，同时和后文中老人对"我"的表情的不同形成鲜明的对比。

然的邂逅，只是寥寥几句对话，甚至只是无声的一瞥，留在你心中的印象，却鲜明而又亲切，历久而又难忘。这送信的老张头，我和他几乎没有说上过一句囫囵话。每天，当他把信送到我手中时，我们只是点点头打个招呼，我却感觉到他是了解我的，包括我内心的秘密。这个善良的老人，他同情我、关心我，也喜欢我那远方的姑娘把自己的爱情献给一个插队在乡下的孤独的知青，他赞赏这种爱情。<u>他的眼神、他的微笑，明确地告诉我这所有的一切。</u>

我觉得，在我们无声的交流中，有一种信任，有一种心灵的默契。倘若他问我，我绝不会对他有任何隐瞒的，所有的过程、所有的细节，我都愿意向他和盘托出，然而他从不问我。

有时几天收不到她的信，我便会着急起来，老张头送信离开时，我总是一个人呆呆地站在田头，那模样大概是又怅惘又可怜的。"不要急。"他用简短的三个字安慰我。有一次，见我太失望，他轻轻地拍

> 焦急而又有渴求的人是敏感的，对别人的一言一行、一举一动都会有特别的感受。这里作者抓住人物微小的细节进行刻画，虽然没有对话，却通过动作、神态将老人的善良表现出来。

了拍我的肩膀，低声说："送你两句诗，怎么样？"我很吃惊，他也懂诗？"两情若是久长时，又岂在朝朝暮暮。"他笑着说出了秦少游的两句词，转身上车，朝我挥了挥手。他的绿色背影消失在远处，他的声音却久久萦绕在我耳边，像一股清凉的泉水，缓缓流进我焦虑的心，使我平静下来。

月有阴晴圆缺，爱情也总是曲折的。晴朗的天空会突然飘过乌云，平静的水面会突然涌起风波……因为一些小小的误会，远方的姑娘竟和我赌气了，一连一个多月没有来信。这似乎是一次真正的危机，我陷入极大的苦恼之中。老张头知道我的心思，每天来到田头，他总是凝视着我，然后意味深长地点点头。他没有说一句安慰我的话，但从他的表情中，我能感受到他深切的同情和真挚的关心。他的目光，分明在对我说："要经受住考验。"

就在这时，老张头突然退休了。听人说，是因为他身体不好。这一带的邮递员换成了一个骑摩托车的小伙子。正是初春，连着下了很多天雨，摩托车无法在泥泞的乡间小路上行驶，那小伙子竟然好几天没有来送信。在老张头上班时，从来没有发生过这样的事情。那正是乱哄哄的年头，乡村的邮局大概也没有人管，社员们都骂开了。那天我正在田里干活，忽然有人叫起来："老张头！老张头回来了！"我抬头一看，果然，在那条槐荫摇曳的小路上，老张头慢慢地走过来了。他还是穿着那件洗得发白的绿色制服，肩上背着一个沉甸甸的大邮袋。一个多月不见,他看上去竟老了许多,背脊比先前佝偻得更厉害,头上也似乎添了不少银丝。看着在他脸上那些密密的皱纹里滚动的汗珠,看着那一身沾满泥巴的绿制服,我忽然涌起一股强烈的恻隐之情。这老人,现在该是儿孙绕膝、享受着天伦之乐的时候,可他还在这泥泞的道路上负重奔波……

没有人号召,在田里干活的人们都不约而同地放下手里的活儿,走到路边把老张头团团围了起来,亲热地问长问短。人们的热情,显然使老人激动了,他一面分发信件,一面嘿嘿地笑着应答,说不出一句话来。

有人问:"哎,你不是退休了,今天怎么又来送信了?"

老张头一下子收敛起笑容,脸上有了火气:"是退休了。今天去领工资,看到信件都积压在邮局里,那怎么行!一个邮递员,哪能眼睁睁地看着这么多信搁浅在半道上。他们不送,我老头子送!"

说着,他朝我走来,脸上又溢出真诚的微笑。看见他在信堆中挑拣着,我的心不禁怦然一跳……喏,雪白的信封,金色的小鸟,熟悉的字迹!老张头把一封我日思夜想的信递到我手中,低声说了一句:"你看,我知道她会来的。"

真正的爱情,毕竟不是脆弱的——误会涣然冰释了,我的小鸟终于又飞回来了!这信,又是老张头送给我的。就在我捧着信激动不已时,老张头已经步履蹒跚地远去。久久地,

> "瘦小"与"萌动",再与那"万点新绿",形成一种人物和环境强烈的视觉对比,表达出"我"对老张头由衷的敬意。同学们在写人物时也可以学习作者用视觉对比的方法来刻画人物。

我目送着他,只见他那瘦小的背影,在春天彩色的田野里摇晃着,缩小着,终于消失在萌动着万点新绿的远方……

有过这样的经历,我由衷地对邮递员怀着一种真挚的敬意。有时真想拦住在路上见到的任何一位邮递员,大声地对他说:"谢谢你!谢谢你们!"离开农村后,我又遇到过几位为我送信的女邮递员,虽然没有什么交流,但她们给我的印象都是踏实而热情的。她们常常使我想起老张头。

此刻,手里捧着当天的报纸,我依然看不下一行。洁白轻柔的雪花,依然在窗外纷纷扬扬地飘舞,而报纸上的雪花早已融化,变成了一颗颗亮晶晶的小水珠,在我的眼前闪烁……我忽然想起杜甫的两句诗来:"杨花雪落覆白蘋,青鸟飞去衔红巾。"青鸟,这神话中美丽的小鸟,自古以来便被比作传递爱情的信使,受到人们的赞美。人民的邮递员,不也是忠诚、坚韧、值得赞美的青鸟吗?

名师赏析

将邮递员比作"青鸟",这真的是一个很贴切的比喻:邮递员化作翩然振翅的鸟,来往穿梭于世界各地。我们今天可能无法理解那个需要通过信件来相互沟通的年代,但我们可以通过这篇文章慢慢走入那个世界。

这篇文章刻画了一个普通的邮递员。作者没有详细写他的外貌,没有过多写他的言行,而是记住了那绿,那绿得发青的影子,那个如"鸟"一样带给他希望的背影,通过几件事,抓住了几个小细节将人物写得生动饱满。其实我们在刻画人物时,也不妨试试这样的方式,不用写得太全面,只需要将印象最深刻的地方,像对"绿"的描写一样铺展开来就可以了。

阅读导入

这篇文章以人们对一个老人的称呼——"自清好公"为题，以称呼为题在习作中很常见。但这个题目有些怪异，我们知道这个老人与一位有名的散文家朱自清同名，所以有"自清"两个字；他已经八十岁了，"早已当了太公，他的三代子孙加起来共有好几十口人"，因此有一个"公"字；"好"字又是什么意思呢？是这个地方对人的一种称呼，还是对他的一种赞扬，认为他是一个好长辈？我们不妨来读读看看，这位"自清好公"到底是一个什么样的人，是不是可以称之为"好公"？作者又为什么要去写这样一位老人家呢？

自清好公

第一次听到这个名字,我很是愣了一愣:哪里又来一个朱自清?我从小便喜欢的这位散文家,他总不会再生在这个小村子里吧?于是总想知道,这个朱自清是何等模样。见到他时,我又愣了一愣:竟是个矮矮胖胖、头发秃得光光的老头。他无缘无故地笑着,看上去有几分傻气,有点像那个无忧无虑的笑弥勒,只是口中的牙齿已经所剩无几了。村里的小伙子告诉我,他已经八十岁了,但他还每天出工,各种各样的庄稼活儿,他都是一把好手。他不识字,遇到分粮分红,别人签名盖章,他总是摁一个指印了事。但村里男女老少似乎都很尊敬他,每天早晨出工前,那位矮小精悍的生产队长总是先要到他跟前问一问:"自清好公,你看天色怎么

> 寥寥几笔,通过外貌和神态描写将一个不一样的农村老人活灵活现地呈现在我们眼前。

样?"他抬起头来,眯缝着眼睛,微张着没有牙齿的嘴,很认真地看一会儿天,然后便自信地用漏风的嘴巴下判断:"今朝好天""黄昏要落雨""快起风了,要当心点"……他的简短的预告,常常比县广播站的气象预报更为准确,矮队长每天根据他的预告安排农活。

这个朱自清老人,是个不折不扣的好庄稼人,我无法从他身上联想起那个写过《背影》和《荷塘月色》的大散文家。然而有一次,他可着实使我愣了一回。

打谷场上有一块黑板,说是黑板,其实不过是仓库的泥墙上用墨汁涂出的一个黑方块,我下乡后,还从没有看到它被利用过。有一天,我发现黑板上出现了一行字母:Da Wu Wei,而且是很花哨的大写斜体字母,用的不是粉笔,而是黄泥巴。我惊奇了,在这个村里,谁能写这些字母呢?我怎么也想不出来。正好有几个孩子在打谷场上玩,我便问他们:"看见这黑板上的字是谁写的吗?"孩子们不假思索地回答我:"是自清好公,他画着玩的。"我惊呆了:怎么可能是他呢?他连自己的名字都不会写呀!这简直像是《天方夜谭》里的奇闻。然而孩子们很认真,绝无开玩笑的意思。

朱自清老人一下子变得神秘起来。第二天出工时,社员们照例在打谷场上集合,巧得很,他恰好扶着一把锄头坐在黑板底下。我走过去,挨着他坐下来。

"自清好公,他们说,黑板上的字是你写的,真的吗?"

他抬起头来看看我，笑嘻嘻地说："是呀，是我写的——'大无畏'，'大无畏'牌电池，知道吗？"那双眯缝的小眼睛里，流露出几分天真的得意。

我的好奇心更强烈了："你连名字也不会写，怎么会写这些字母呢？"

"民国元年，我二十岁刚出头，在上海滩给外国人干活，在外国老板开的夜校学了三个月英文，逼着学的，不会讲不会写，不给工钱。"他用漏风的嘴巴慢悠悠地说着，脸上失去了笑容，出现了少有的沉思的表情。这是一段遥远的往事，隐藏在他记忆的某个角落里，也许很久没有被触动过了。

"你在上海待了几年？"我又问。

"一年。"他伸出那根粗短弯曲的食指，晃了几晃，"外国人又凶又蛮，不把中国人当人看。他神气他的，我不干啦，不干总可以免得受他的窝囊气。我用手推车给一个外国老太婆送冰块，天热，又下大雨，冰块化了一点，老太婆破口大骂，骂我是猪猡。我回骂她，你自己才是

> 这里与前文的叙述产生矛盾，之前强调老人不识字，其实是作者埋下的伏笔。他不识字，却又能够写出那么漂亮的字母，引发了作者的好奇，继而才会顺理成章地了解老人的生活经历。

> 老人不识字，但却懂得很多，而且非常有个性。一句"把冰块往地下一摔，摔得八分细碎"，写出了老人独特的性格。一般人只会说"往地下一摔"，不会强调"八分细碎"，可见他是一个虽不识字，但却特别耿直刚硬的老人。

'old pig'！骂完，把冰块往地下一摔，摔得八分细碎，然后卷卷铺盖走啦，小舢板摇两摇，就回到了岛上。"那副孩子般的笑容又回到了他的脸上，"天生是种田的骨头，离开田地就不舒服。"

这次交谈，使我们熟悉起来。不久以后，队里照顾他，让他到饲养场帮忙养猪，这就使我有了很多和他讲话的机会。工间歇息的时候，到饲养场挑猪粪的时候，我就走进他干活的那个凉棚，一面帮他切饲料，一面听他讲话。他乐意用那漏风的嘴巴给我讲各种各样的事情：当年上海滩的风俗人情，茶馆、饭庄、码头……当年日本兵如何在崇明岛烧杀奸淫，土改时怎么斗地主，"大跃进"时怎么从吃大锅饭到饿肚皮……

有时，他也问我一些问题，譬如上海的外白渡桥还在不在，城隍庙里还有没有菩萨……当我给他讲上海的一些情况时，他便瞪大了眼睛很感兴趣地听着。我无论如何也无法想象，这五十多年里，他竟然再也没有去过一次上海。尽管上海并不远，坐上舢板，要不了半天就可以到了。

他是一个勤快的人，在饲养场里，整天手脚不停地干活，没有一刻空闲。有一次，我忍不住劝他："你这么大年纪，可以在家里歇歇了。"听说他早已当了太公，他的三代子孙加起来共有好几十口人，养他这么一个老人算什么呢？

他还是咧着嘴笑，可笑得有点不自在："自己养活自己惯

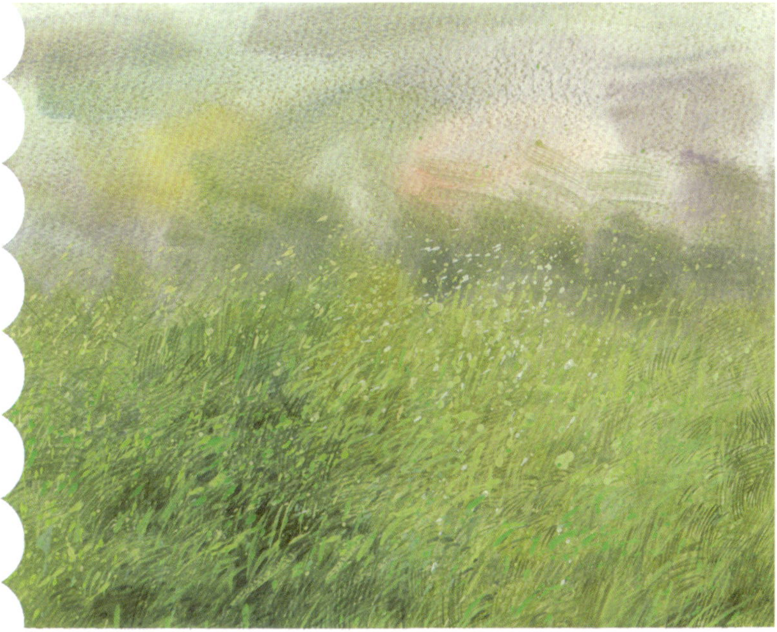

当死神无情地走到他面前的时候,他丝毫没有感觉到恐惧,依然平静地思索着他天天在思索的小事情,关于庄稼,关于土地……

了,不想靠别人。靠自己,心里舒坦。我还有力气呢!"尽管嚷得山响,那漏风的嘴巴发出的声音里却隐隐流露出了伤感。他的老伴早已去世,儿女子孙们也早就各自成家立业,他孤身一个人过了许多年。他曾和几个儿子住过一阵,然而每次时间都不长。这是个自尊心和独立性很强的老人,他要自食其力。每年年终结算时,除去买口粮、柴草的钱,他居然还能分到一二十元零花钱,这使他引以为豪。

　　我想,这个豁达健朗的老人,一定会长命百岁的。然而就在我们这次谈话后不久,一天早晨,村里传开了一个消息:自清好公快死了!

　　我不相信这消息,拔腿就往村口跑,他住的那两间旧瓦房在村口的运河边。果然,一大群人围在他家门口,一些年龄不等的女人在抹眼泪。这些人,大多是闻讯从四面八方赶来的他的儿女子孙和小辈亲戚。乡下总是这样,只有逢到婚丧喜事,才能把平时互不往来的亲戚们聚集到一起。看到这情形,我的心猛地颤动了一

> 作者总是通过对老人的疑问来突显他的个性。一个能干、勤快且又有生活经历的老人怎么会一个人独居呢?这是作者的疑问,也是我们读者的疑问。作者就是通过这些人之常情的疑问,铺开对人物特点的叙述。

下：这消息，大概不假了！

我从人群中挤进去，只见他一动不动地躺在床上，脸色蜡黄，原来那胖而松弛的脸瘪了下去，变得憔悴而严肃。他的儿女后辈里三层外三层地围在他床前，大哭小叫地呼喊着，把屋子里弄得闹哄哄的。

他突然睁开眼睛，侧过脸朝周围看着，眼神平静而又清醒。"吵什么，有啥大惊小怪的！"他说话了，那声音轻轻的，和平时没有什么两样。此刻，他的身边真正是子孙满堂了，在他的一生中，也许还从未有过如此盛况。然而他似乎并不在意，只是用平静的眼神在人群中搜索着……

屋子里顿时鸦雀无声，大家都紧张急切地盯着他，不知道他在临终之前会说出一些什么惊人的话来。他的目光停留在一个儿子身上，这个儿子是另外一个生产队的饲养员，我曾见他来过几次。

"阿爹，有啥事情，你说吧！"这个儿子连忙凑上来，轻声问道。

"你，明天想法弄点水葫芦秧来，放在饲养场边的宅沟里。这里的青饲料太少，猪不够吃。"他艰难地说着，说得有点吃力。说罢，便平静地闭上了眼睛，再也没有睁开……

自清好公死了，死得那么安详，那么自然，似乎没有一点痛苦。当死神无情地走到他面前的时候，他丝毫没有感觉到恐惧，依然平静地思索着他天天在思索的小事情，关于庄稼，关于土地……他没有什么惊天动地的业绩，也没有什么不凡的追求和奢望，尽管他能写出漂亮的字母，然而他只属于故乡的土地，他是一个真正的庄稼人。

这是我第一次亲眼看着一个我熟悉的人死去。在一片号啕的哭声里，我默默地流着眼泪，我心里充满了对他的敬意和怀念……

他的儿子没有忘记父亲临终前的叮嘱，在饲养场边上的宅沟里种下了水葫芦。想不到，水葫芦竟是一种生命力极强的、美丽的水生植物。种下不多几棵，不久之后，水面上便是一片翠绿，小喇叭似的绿叶紧紧相挨着，不断蔓延开去，在风中愉快地摇曳，不时吐出一簇簇淡紫色的小花……

文章前面的叙述总让我们觉得"自清好公"是一个特别的人，一个农村不常见的奇人。但这段临死前的叙述却又回到了一个"普通人"的身份上：不觉得死有什么大惊小怪，临死前关心的还是家长里短，关心的是种什么、吃什么、养什么。或许这才是一个农村老人的样子，一个普通人的样子。作者就是这样不动声色地刻画出一个朴实的农村老人的形象。

名师赏析

　　文章以一个普通的老人作为书写对象，而这位老人其实是乡村里极常见的那种老人家——不识字但对生活有朴实认知的人。作者没有特意去夸张地描绘他所要刻画的人，而是先处处让我们感受人物的普通：长相普通，性格耿直，即使得意地叙述自己的经历时，也带有一些羞涩，只是说"回骂"，"然后卷卷铺盖走啦，小舢板摇两摇，就回到了岛上。"作者就这样轻描淡写地叙述着，这样的叙述基调，其实跟老人的普通是联系在一起的。

　　但老人又有特别的个性，有与别人不一样的想法。离开上海、预报天气、会写斜体字母、不与儿女一起住、看淡生死等等。作者的描述真实、自然，他选取了和老人交往中印象深刻的几件事，丰富了老人的形象。这种平铺直叙的写作手法，以及对写作素材的选择值得我们学习。

阅读导入

  一个有特点的人有时候通过名字就能体现了，元狗就是这样的人。如果不是这样，在作家的心里，不会是这样一句话让他印象深刻："我叫元狗，叫我元狗阿哥好了。"作家可能就是因为这句话，记住了这个人。

  这样的一个名字，总会让人有特别的代入感，总会禁不住去了解这样一个人，了解在他的身上会有什么样的故事发生。

  在我们一般人的眼里，"元狗"应该是小名，但奇怪的是，"家乡的人喜欢在名字中放一个狗字，光我们这个村子里，就有十来个带狗的名字：金狗、银狗、玉狗、春狗、飞狗……"这样的地方，这里的人，会是什么样的呢？

元狗

> 虽然只有一句话,但这是"我"脑海中印象最深的部分,这样的写法值得我们借鉴。

> 这是元狗阿哥给"我"的最初印象,没有过多言语,但却让我感觉到小小的温暖。他的名字,是"我"感受最深的,这最初的对于名字的印象,直接影响了"我"对他的认知。

"我叫元狗,叫我元狗阿哥好了。"

这是一个真正的彪形大汉,旧小说中"虎背熊腰"之类的形容词,用在他身上真是再妥帖不过了。可惜他的背脊稍微有些驼,要不然,挺起胸脯,活脱脱就是一尊黑金刚。然而他的笑、他的表情以及他的声音,却和他的体魄有点儿不协调,丝毫没有那种粗犷彪悍的气质,唯有憨厚,憨厚得近乎有点傻气了。下乡的头一天,是他从车站把我接回到村里。他笑着结结巴巴地做了自我介绍之后,便再也不说一句话,只是轻松地提起我的沉甸甸的行李,像甩一件披肩似的一下子甩到身后,然后一声不吭地在我的前头走着。不知怎的,看着他高大而佝偻的背影,我很自然地想起了牛,想起了那些在田里默默耕耘着的老黄牛。

而他叫元狗，实在是一个奇怪的名字。后来我才知道，家乡的人喜欢在名字中放一个狗字，光我们这个村子里，就有十来个带狗的名字：金狗、银狗、玉狗、春狗、飞狗……为什么要用狗作名字，我一直弄不明白。老人们是这样解释的："祖上就喜欢起这样的名字，喊起来顺口嘛。"

元狗五十岁了，也许是身板壮实的缘故，看起来并不老。他是个沉默寡言的人，难得说一句话。<u>把我接到村里后，我便很少再有机会和他说上几句囫囵话，见面时，他只是憨厚地笑着。</u>我下地干活那一天，他送来一把新的锄头，轻轻搁在我的门口，笑着说了一句话："你用吧，帮你整治过了，坏了来找我修。"在田里干活时，他总是默默地在我的身边照顾我，指点我。他的指点只有三个字："喏，你看。"说罢，便埋头在我的前面干着，为我做示范。轮到那些既要技术又要力气的活儿，他常常不声不响地帮我包揽了一大

> 简短的描写，却悄悄透露了元狗的特点：沉默寡言。

半。当我投去感激的目光时,他似乎总是一副漠然的样子,连笑也不笑。

一个初春的早晨,队里用车拉粪,我和元狗搭档,他在前面拉车,我在后面推。满满一车粪,大概不下一千斤,在刚刚下过雨的泥路上拉车,实在不是一件轻松的事情。元狗的身子前倾着,和路面形成一个四十五度的锐角,一根麻绳做的车带深深地勒进他肌肉鼓鼓的肩头。我们前进得很慢、很艰难,板车的胶皮轱辘上缠满了黏糊糊的黄泥,仿佛很不情愿地转动着。通向生产队打谷场的那条机耕路两侧,一侧是田野,一侧是一条小河。雨后,河岸的泥土变得十分松软,好些地方塌方了,形成一个一个缺口。快到生产队时,板车突然往下一沉。我低头一看,不好——河岸的松土承受不住粪车的重压,狠狠地塌下一大块,一个车轱辘陷了下去,粪车倾斜了,缓缓地向下滑着!

我惊慌地大叫起来。跟在后面的两个人停下车,奔上来帮忙。忙乱中,只听见扑通一声,有人跳进了河里。那是元狗!他水淋淋地从河面上冒出来,用肩膀抵住了向下滑着的车轱辘……

我的心一下子缩了起来。这实在太危险,一千多斤的分量,此刻几乎全部压在了元狗的肩头,要是挺不住,后果不堪设想。元狗低着头,咬紧了牙关,脸和后颈都涨成了紫红色。粪车被他的肩膀抵住了,停止了下滑,然而他绝无能力将粪车抬起来，只是拼命僵持着。不知是因为用劲，还是因为冷，他全身都在颤抖。

"元狗阿哥，你走开，危险！"我一边拽着车帮，一边大叫。

"乌棺材……"元狗低低地吼叫起来，这是一种令人心惊的可怕的声音，犹如困在陷阱中的狮虎，发出压抑而愤怒的呼啸。我从来没有听到元狗这样骂人，以后也没有再听到过。当时我虽然看不见他的脸，但我可以想见他那双瞪得大大的发红的眼睛，可以想见他那皱成一团的眉峰。他的声音从牙缝里哗哗地迸出来："乌棺材！愣着做啥？快，快推车……"

人们闻声赶来，粪车总算被拽回到路上。元狗被人从河里拉上来，脸色蜡黄，浑身颤抖，一声不吭地靠着河边的一棵杨树坐了好久。等到人们拾掇好粪车，想起元狗的时候，杨树底下只留下一大摊水，他已经弓着腰走出去老远了……

"嘿，戆元狗，舍得用一条性命去换一车粪，戆……"队里的一个出名的油嘴皮子在一边讲俏皮话，话音未落，脸上便

> 这个部分人物的神态描写无疑是精彩的，是让人紧张的，手里会不知不觉有冒汗潮湿的感觉。我们或许没有体会过那种紧迫和危险，但我们却可以从文字的叙述中感觉到。

> 我们还可以从这些话语中感知到元狗什么样的性格呢：质朴？踏实？倔强？还是傻里傻气？

已挨了一巴掌。

　　晚上，我去看元狗，他已经跟没事人一样了。他的家是两间低矮的草房，那时还没有电灯，屋里黑洞洞的，弥漫着一股腌咸菜的酸味。元狗忙着给我让座、倒水，还从瓦罐里捧出一大把炒蚕豆，脸上堆着他惯有的憨厚的笑，嘴里只是反复说着几个字："哎，坐……"这是我第一次进元狗的家，也是第一次见到他家里的人。元狗老婆是一个矮小瘦弱的女人，满脸皱纹，一头乱蓬蓬的灰白头发，看上去足有六十开外。她长期卧病在床，嘴里似乎不停地骂骂咧咧。两个儿子竟都是发育不健全的，十七八岁了，看模样还只有八九岁，而且都有轻度痴呆。见到我来，两个小家伙抖抖索索地缩到了屋角里，只看见四只小眼睛在幽暗的阴影里闪烁……

　　元狗仿佛早已忘了白天的事。我问起他时，他只是笑笑，摇着头说："没啥没啥！一车粪，倒掉了可惜。"他用手拍了拍肉鼓鼓的肩头，又说："我有力气，年轻的时候，我在上海十六铺码头捐过包哩！"

　　从元狗家里出来，心里不知是什么滋味。这个金刚似的汉子，过的竟是这样的生活。我觉得他可敬，更觉得他可怜……这一夜没有月亮，田野里漆黑一片，什么也看不清，只有公社的有线广播在黑暗中此起彼伏地回荡着。我仔细辨认着脚下的路，唯恐被什么看不见的东西绊倒。走着走着，我不禁停住了脚步——广播里，竟响起了元狗的名字！大概是哪一位"土记者",把白天发生的事情写成了报道,此刻,正由那位嗓音高亢的女播音员绘声绘色地念着:"……贫农社员姜元狗,发扬一不怕苦、二不怕死的革命精神,奋不顾身抢救集体财产……他想起了董存瑞,想起了黄继光……姜元狗,头不低,腰不弯,像泰山顶上一青松……"

我想笑,却笑不出来。元狗大概也听见这报道了,他家里有广播喇叭的。不知道他这会儿的心情怎么样,我实在无法想象……

名师赏析

"我叫元狗,叫我元狗阿哥好了。"以人物的一句话开头,达到了"不见其人,先闻其声"的效果。作者选取印象最深刻的画面切入文章,角度新颖,让人眼前一亮。

"而他叫元狗,实在是一个奇怪的名字。"其实不光作者觉得奇怪,读者也会觉得奇怪。狗,作为动物,象征忠诚、老实、勇敢,但作为人名,伴随着的是"憨厚得近乎有点傻气了",甚至还会让人觉得是不是在用脏话骂人。随着故事的进展,我们也确实感受到了元狗的憨厚和傻气:"嘿,戆元狗,舍得用一条性命去换一车粪,戆……"在乡下,被人说是戆,那已经不是评价,而是骂人了。但他自己却不在乎,"他只是笑笑,摇着头说:'没啥没啥!一车粪,倒掉了可惜。'"憨厚、有点执拗、傻气又带点可爱的形象就跃然纸上了。

有时候我们想要描写一个人,希望刻画出他不一样的一面,但是他却没有太多的话,太多的动作,怎么办?可以尝试抓住人物特定的动作和语言,刻画出他独特的一面。

阅读导入

父母、亲友是习作的常见主题,他们生活在我们身边,我们对他们也非常熟悉,但其实他们也在变化。这篇文章中的父亲就是这样:七十三岁高龄,却不那么像老人,"竟越来越像个孩子,对小虫小草之类的玩意儿的兴趣越来越浓"。事实真的如此吗?试着读读下面的文章,可能你也会这样觉得。

阅读这篇文章,想想身边的亲人的生活爱好又是什么?他们的生活又是怎样的呢?会不会与这篇文章中的父亲一样呢?

热爱生命

父亲老了，七十有三了，年轻时那一头乌黑柔软的头发变得斑白而又稀疏。大概是天天在一起的缘故，我真不知这头发是怎么白起来，怎么稀起来的。

有些人能返老还童，这话确实有道理。七十三岁的父亲，竟越来越像个孩子，对小虫小草之类的玩意儿的兴趣越来越浓。起初，是养金铃子。乡下的亲戚用塑料盒子装了一只金铃子，带给读小学的小外甥，却被他"扣"下来了。"小囡，迷上了小虫子，读书就没有心思了。"他一边微笑着申述理由，一边凑近透明的塑料盒子，仔细看那关在盒子里的小虫子。"听，它叫了！"他压低了声音，惊喜地告诉我，并且要我来看。盒子里的金铃子果然在叫，声音幽幽的，但极清脆，仿佛一

> 文章一开始就点明了父亲的不同以往：越来越像孩子。一个"扣"字，把一个老小孩的模样刻画了出来。"惊喜地告诉我，并且要我来看"这样的举动就是活脱脱的小孩样。平时我们见到的孩子就是这样，用到老人身上，形成对比，恰恰证明了父亲越来越像小孩。

根银弦在很远的地方颤动。金铃子形似蟋蟀，但比蟋蟀小得多，只有米粒大小，背脊上亮晶晶地披着一对精巧的翅膀，叫的时候那对翅膀便高高地竖起来，像两面透明的金色小旗在飘……

金铃子成了他的宝贝。他把塑料盒子带在身边，形影不离，有空的时候，就拿出盒子来看，一看就出神，旁人说什么做什么都不知道。时间长了，他仿佛和盒子里的金铃子有了一种旁人无法理解的交流。那幽幽的叫声响起来的时候，他便微笑着陷入沉思，表情完全像个孩子。一次，他把塑料盒放在掌心里，屏息静气地谛视了好久。见我进屋来，他神秘地一笑，喜滋滋地说："你相信吗，我能懂得金铃子的意思呢！"

我当然不相信，这怎么可能呢！于是他把我拉到身边，要我和他一起盯着盒子里的金铃子看。"我要它叫，它就会叫。"他很自信，也很认真。米粒大小的金铃子稳稳地站在盒子中央，两根蛛丝般的触须悠然晃动着，像是在和人打招呼。看了一

寥寥几笔，只有简单的动作、语言、神态的描写，却将父亲侍弄金铃子的样子刻画了出来。那些充满孩子气的描写，让一个可爱有趣的老小孩形象跃然纸上。

会儿，他突然轻轻地叫了起来："听着，它马上就要叫了！听着！"

果然，他的话音刚落，金铃子背上两片亮晶晶的翅膀便一下子竖了起来，那幽泉般的鸣叫声便如歌如诉地在我的耳畔回旋……

"它马上要停了，你听着！"

金铃子叫得正欢，父亲突然又轻轻推了我一下，用耳语急促地告诉我。他的话音未落，金铃子果真停止了鸣叫。

这事情真有些奇了。我问父亲这其中究竟有什么奥秘，他笑了，并不是得意扬扬的笑，而是浅浅淡淡的一笑。他说："其实无啥稀奇的，看得多了，摸到它的规律了。不过，这小生命确实有灵性呢，小时候，我就喜欢听它们叫，这叫声比什么歌儿都好听。有些孩子爱看它们格斗，把它们关在小盒子里，它们也会像蟋蟀一样开牙厮咬。可这有啥意思呢，人类互相残杀得还不够，还要看这些小生灵互相残杀取乐！小时候，我就喜欢听它们唱歌……"

他沉浸在童年的回忆中，绘声绘色地讲起了童年乡下的琐事，讲他怎样在草丛里捉金铃子，怎样趁着月色和小伙伴一起去地主的瓜田里偷西瓜。在玉米田里，在那无边无际的青纱帐中，孩子们用拳头砸开西瓜吃个饱，然后便躺在田垄上，看着天上的月牙、星星，静静地听田野里无数小生命的大合唱。织布娘娘、纺纱童子、蟋蟀、油葫芦，以及许许多多无法叫出名字的小虫子,都在用不同的声音唱着自己的歌,它们的歌声和谐地交织在一起,使黯淡的夏夜充满了生机,充满了宁静的气息……

"最好听的,还是金铃子。"说起金铃子,父亲兴致特别浓,"金铃子里,有地金铃和天金铃。天金铃爬在桃树上,个儿比地金铃大得多,翅膀金赤银亮,像一面小镜子,叫起来声音也响,像是弹琴。可天金铃少得很,难找,它们是属于天上的。地金铃才是属于我们的,别看地金铃个儿小,叫声幽,那声音可了不起,大地上所有好听的声音,都能在地金铃的叫声里找到。不信,你来听听。"

盒子里的金铃子又叫起来了。父亲侧着头,听得专注而又出神,脸上又露出孩子般的微笑……

秋深了,风一阵凉似一阵,橘黄的梧桐叶在窗外飞旋,跳着寂寞的舞蹈。塑料盒里的金铃子开始变得沉默寡言了,越来越难得听到它的鸣叫。父亲急起来,常常凝视着塑料盒子发呆。盒子里的金铃子也有些呆了,缩在角落里一动不动,那一对小小的响翅似乎也失去了亮晶晶的光泽。

"你把它放在贴身的衣袋里试试,用体温暖着它,兴许还能过冬呢!"母亲见父亲愁眉不展,笑着提了一个建议。

父亲真把塑料盒藏进了贴身的衬衣口袋。金铃子活下来了,并且又像以前那样叫起来。不过金铃子的歌声旁人是很难听见了,它只是属于父亲的,只要看到他老人家一动不动或许这里是整篇文章最精彩的地方了,看看父亲的动作——"藏进了贴身的衬衣口袋"。看看他的想法——几乎无条件接受了母亲笑着说的建议。因为声音小,他会"一动不动""微笑沉思",这才是老小孩!作者只是抓住了那么几个小小的变化,就让我们看到了父亲那痴迷的样子。

地站着或者坐着微笑沉思,我就知道是金铃子在叫了。有时候,隐隐约约能听见金铃子鸣唱,幽幽的声音是从父亲的身上,从他的胸口里飘出来的。这声音仿佛一缕缕透明无形的烟雾,奇妙地把微笑着的父亲包裹起来。这烟雾里,有故乡的月色,有父亲儿时伙伴的笑声和脚步声……

于是,我想起屠格涅夫那篇题为《老人》的散文诗来:

　　那么,你感到憋闷时,请追溯往事,回到自己的记忆中去吧——在那儿,深深地,深深地,在百思交集的心灵深处,你往日可以理解的生活会重现在你的眼前,为你闪耀着光辉,发出自己的芬芳,依然饱孕着新绿和春天的媚与力量!

名师赏析

父亲的晚年生活也许不只这个爱好,但这个爱好却让"我"印象深刻,让"我"感受到了父亲对生活的热爱,给了"我"生活的启示——我们每一个人对生活都要保持热爱。

这篇文章给了我们另一双看这个世界的眼睛!当我们描述这些身边人的时候,要想想他们生活中是什么样子,他们有什么爱好,他们对生活有什么样的观点,他们面对问题时又是如何解决的。当我们也如这篇文章一样,将父亲当作"老小孩"来写的时候,生活的趣味就出现了,生活中的人就真实了。

我们只需要将他们让我们印象最深刻的那些话、那些动作写出来,人物就活灵活现了,就如文章中"我要它叫,它就会叫。""听着,它马上就要叫了!听着!""它马上要停了,你听着!"这样的话语。

希望你能学会观察身边的人,发现他们不同寻常的一面。

阅读导入

我们对祖母的称呼也许各有不同。有的人叫"奶奶",有的人叫"婆婆",有的人叫"祖母",也有的人如作者般称呼为"亲婆"。她们年纪很大,跟我们的想法迥然不同,做事情也不太一样。她们很普通,但却往往给予我们很多爱与关怀。

或许这篇文章里的"亲婆",跟你的奶奶、婆婆、祖母差不多,也没有什么特别的。但作者会写一个普通人的什么呢?会从普通的事情中写出什么不一样的特点呢?试着看看这位普通的、没有经历过什么惊心动魄的事件的亲婆是什么样的,跟你的长辈有没有什么地方相像呢?

亲婆

人的记忆是一个魔匣，它可以无穷无尽地装入，却不会丢失。你不打开这个魔匣，记忆都安安分分地在里面待着，不会来打搅你，也不会溜走。可是，只要你一打开它，往事就会像流水，像风，像变幻不定的音乐，从里面流出来、涌出来，你无法阻挡它们。

这几天，我突然想起了我的亲婆。亲婆，是我父亲的母亲，也就是祖母。我们家乡的习惯，都把祖母叫作亲婆。

亲婆去世的时候，我刚过十岁。我和她相处不过几年，而且是在尚未开蒙的幼年。可是，直到今天，将近四十年过去了，亲婆的形象在我的记忆中还是那么清晰。她挪动着一双小脚，晃动着一头白发，微笑着向我走过来，一如我童年的时光。

即便相处没有多长时间，相见的次数没有很多，但只要说起这个人，她的印象就会浮现——"她挪动着一双小脚，晃动着一头白发，微笑着向我走过来"，这其实就是亲婆给"我"留下的最深刻的印象，是任何时候只要想起她就会浮现在眼前的。描写人物，需要我们挖掘自己对这个人物最深刻的印象。

> 这里点明亲婆也是普通人，没有因为要写她，她就是特别的人。之所以写她，是因为亲情的缘故。"亲婆"的称呼不仅带有家乡的特色，而且具有浓厚的感情色彩。

亲婆是个很普通的老人，她的一生中大概没有任何惊心动魄的事件。我记忆中的故事和场景也都平平常常，但我却无法忘记它们。我想，人间的亲情大概就是这样。

她头上有只猫

我六岁之前，亲婆住在乡下，在崇明岛。我和亲婆之间隔着一条浩浩荡荡的长江，我觉得她离我很远。

五岁那年，我乘船到乡下去玩。第一次看到亲婆时，我吓了一跳。亲婆的头上，竟然有一只大花猫！那只花猫亲昵地蹲在亲婆的肩头，把两只前爪搭在亲婆的头顶上。那时，我怕猫，尤其是那种有着虎皮斑纹的花猫。它们看上去阴险而凶猛，当它们大睁着绿色的眼睛瞪着我看的时候，我觉得它们的脑子里有很多狡猾残酷的念头。它们把我当作了老鼠，随时会向我扑过来。趴在亲婆头顶上的就是这样一只花猫。这只凶猛的花猫竟不怕矮小瘦弱的老亲婆,这实在使我感到吃惊。亲婆看着我,笑着站起来,那只花猫便从她的肩头跳下来,弓着腰冲我怪叫一声,消失在阴暗的屋角里。

开始时,我觉得亲婆不可亲近,原因就是那只可怕的花猫。亲婆亲热地伸手摸我的脸时,我本能地往后躲。我想,她喜欢和这么吓人的猫亲热,为什么还要来和我亲热,我甚至觉得她的脸也有点像猫。

亲婆问我:"你怕我?"

我点点头。

亲婆觉得很奇怪,又问:"你为什么怕我?"

我回答:"我看见猫爬在你头上。"

亲婆笑起来,她说:"哦,我的孙子不喜欢猫爬到他亲婆的头上。"

后来,我发现那只花猫其实一点儿也不凶。第二天,它就和我熟悉了,看见我,它不再躲开,还会用它那毛茸茸的身体蹭我的脚。

随着那只猫在我心目中形象的渐渐改变,亲婆也慢慢变得可亲起来。

这是一件小事,但却透着温情。作者将它放在第一件事来写,因为这是第一次见到亲婆,也是最为难忘的事情。之所以有着温情的氛围,是因为亲婆知道"我"不喜欢后,就再也没有让猫在自己身上乱爬。写作时,需要抓住印象深刻的细节,你学会了吗?

一直使我感到奇怪的是，除了第一次见到亲婆那一次，我以后再也没有见过那只花猫爬到她的头上。也许，亲婆知道我不喜欢看到那猫爬到她头上后，就再也不许猫在自己身上乱爬。

她的小脚

亲婆年纪要比我大将近七十岁，她的脚却比我的还要小，这是多么奇怪的事情。亲婆的小脚，就是从前女人的那种"三寸金莲"。

那时，我在城里也看到过缠过足的老太太，人们把她们称作"小脚老太婆"。她们走路的样子很奇怪，尤其是急步快跑的时候，摇摇摆摆，使人觉得她们随时会摔倒在地。我一直感到奇怪，老太太们的脚怎么会这样小。对于我没有弄清楚的事情，我喜欢发问。现在，有了一个小脚的亲婆，我可以问个究竟了。"你的脚怎么这样小？"我问亲婆。

亲婆正坐着择菜，我的问题使她有点不知所措。她不愿意解释，又不想被五岁的孙子问倒，就笑着敷衍说："乡下的女人，生下来就是小脚。"这样的回答显然很荒谬，因为我见过的乡下女孩，脚就比她的还大。

我不满意了，大喊起来："亲婆骗人！亲婆骗人！"

见我这么喊，亲婆急了，她把我按到板凳上，开始告诉我，从前的女人怎样缠足。她甚至从箱子底下找出了一根长长的缠足布，比画给我看，当年女人怎样缠足。

这个话题，对亲婆绝不是一个愉快的话题，但是为了满足我的好奇心，她不厌其烦地向我讲解着。

我问她缠足痛不痛。她皱了皱眉头，好像被人打了一下。

"痛不痛啊？"我追着问。

"痛。痛得差点要了我的命。"

"缠小脚又痛又难看，你为什么不把那布条扔掉呢？"我紧追不舍地问她。

"唉，"亲婆叹了口气，"那时我还是个小孩，是大人逼着这样做，没办法的。我偷偷把布条解开过，被打了一顿，布条又绑上去，还绑得更紧，痛得我死去活来。做女人苦哇……"

我后来才知道，亲婆小时候是"童养媳"，吃了很多苦。回想我小时候这样追问亲婆，逼着她回忆痛苦的往事，真是有点残酷。

或许这件事情对我们来说是件新鲜事，现在可能都见不到这样的"小脚老太婆"了，但这段回忆却充满着血腥与残酷。面对孙辈的好奇，她担心，她着急，完全不顾自己内心撕裂的痛苦，连比带画地讲给孙辈听，从侧面体现出亲婆对"我"的爱。

在药店门口

我回上海去的前一天,亲婆带我到镇上去。走过一家中药店时,她说要进去买一点好吃的给我带回去。我不喜欢药店,药店的坛坛罐罐里,放着晒干的树叶、草根,还有许多奇怪的切成碎片的怪东西。它们怎么会好吃呢?我觉得亲婆是糊弄我,噘着嘴不肯进去。亲婆说:"好,你在这里玩,我去一去就来。"

药店边上有一堵断墙,我躲在墙后面,心里想,你不给我买好吃的,我就让你找不到我。过了一会儿,只见亲婆急急忙忙地从药店里出来,手里拿着一个纸包。她站在药店门口,东张西望了一阵,看不到我的影子,便喊了两声,我偷偷地笑着,不发出声音来。她急了,颠动着一双小脚,朝相反的方向跑去。眼看她走得很远了,我才从断墙后走出来,大声喊:"亲婆,我在这里。"

她转过身来,以极快的步子向我奔过来,走到我身边时,路上的一块石头绊了她一下,她打了个趔趄,差点摔倒。我迎上去一步,扶住了亲婆。她一把拽住我的手,气喘吁吁地说:"你到哪里去了?把我的老命也急出来了。"看到她这么着急,我觉得很好玩。我好好的在这里,她这么急干吗?

她打开纸包,里面包的不是药草,而是一种做成小方块,在火上烤熟的米糕。她塞了一块在我的嘴里，这米糕又脆又甜，好吃极了。

我这才知道，亲婆没有骗我。我也知道了，世界上原来还有卖这样美味食品的中药店。

她到上海来了

有一天，父亲问我："我要把亲婆接到上海来住，你高兴不高兴？"

"亲婆来我们家？"

父亲点点头。

"好啊，亲婆来啦！"我高兴得跳起来。

亲婆来上海，是我家的一件大事。那天下午，阳光灿烂，我和妹妹跟着父亲，到码头上去接亲婆。

<u>亲婆从船上走下来的情景，我记得特别清晰</u>。午后的阳光照在亲婆的脸上，一头白发变得金光闪闪。她眯缝着眼睛，满脸微笑，老远向我们招手。我的两个姐姐一左一右扶着她，慢慢地走出码头。她嫌

小脚、走路不稳，都无法阻挡亲婆对我们的爱。"她转过身来，以极快的步子向我奔过来，走到我身边时，路上的一块石头绊了她一下，她打了个趔趄，差点摔倒""她嫌姐姐走得太慢，甩开了她们的手，三步并作两步向我们奔过来"，你看看，这一系列的动作描写，一个爱着孙辈的老人形象，是不是马上就呈现在我们面前了呢？

姐姐走得太慢，甩开了她们的手，三步并作两步向我们奔过来……

出码头后，父亲叫了两辆三轮车，他和两个姐姐坐一辆在前面引路，我和妹妹跟亲婆坐后面一辆。我和妹妹一左一右坐在亲婆的两边，她伸手揽住我们的肩胛，笑着不断地说："好了，好了，我们可以天天在一起了。"我和妹妹靠在她身上，兴奋得不知说什么好。亲婆从她的小包裹里拿出两个纸包，我和妹妹一人一包。隔着纸包，我就闻到了烤米糕的香味。

三轮车经过外滩时，她仰头看着那些高大的建筑，嘴里喃喃地惊叹："这么大的石头房子。"我后来才知道，亲婆以前从来没有到过上海。

"亲婆，以后我陪你来玩。"我拍着胸脯向亲婆许诺。

"我这个小脚老太婆，哪里也去不了。"亲婆拍拍我的肩胛，笑着说。

亲婆没有说错，到上海后，她整天在家里待着，几乎从不出门。外滩，她就见了这么一次。我的许诺，直到她去世也没有兑现。

有她的日子

天天有亲婆陪伴的日子，是多么美妙的日子。

在我的记忆里,亲婆像一尊慈祥的塑像。她坐在厨房里,午后的阳光柔和地照在她瘦削的肩头上。一只藤编的小匾篮,搁在她的膝盖上。小匾篮里,放着我们兄弟姐妹的破袜子。亲婆一针一线地为我们补着破袜子。那时,没有尼龙袜,我们穿的是纱袜,穿不了几天脚趾就会钻出来。在上海,我们兄弟姐妹一共有六个,我们的袜子每天都会有新的破洞出现,于是亲婆就有了干不完的活儿。我的每一双袜子上,都密密麻麻地缀满了亲婆缝的针线。补到后来,袜底层层叠叠,足有十几层厚,冬天穿在脚上,像一双暖和的棉袜套。

那时家里有一个烧饭的保姆,可有些事情亲婆一定要自己来做。她常常动手做一些家乡的小菜,我们全家都喜欢她做的菜。亲婆做菜,用的都是最平常的原料,可经她的手烹调,就有了特殊的鲜味。譬如,她常做一种汤,名叫"腌鸡豆板汤",味道极其鲜美。所谓"腌鸡",其实就是咸菜。父亲最爱喝这种汤,他告诉我,家乡的人这么评论这汤:"三天不吃腌鸡豆

"最平常的原料"却做出让全家最喜欢的菜,这是亲婆的本事。其实这也是所有长辈的本事,因为这种味道是从小陪伴着我们长大的,是不会忘记的。我们在描写亲人时,需要找到最合适,最能体现人物性格或表达人物情感的事件。

板汤，脚股郎里酥汪汪。"不喝这汤，脚都会发软。亲婆做这汤时，总是分派我剥豆壳。我们祖孙两人一起剥豆壳的时候，也是我缠着亲婆讲故事的时候。不过，亲婆不善讲故事。我知道，她年纪轻的时候，还是清朝。我问她清朝是什么样子，她只知道皇帝和长毛，还知道那时男人梳辫子，女人缠小脚。她的那双小脚就是清朝的遗物。

  小时候我也是个淘气包，天天在外面玩得昏天黑地，回到家里，总是浑身大汗，脏手往脸上一抹，便成了大花脸。从外面回家，要经过一段黑洞洞的楼梯，只要我的脚步声在楼梯上响起，亲婆就会走到楼梯口等我，喊我的小名。亲婆的声音，就是家的声音。从楼下进门，我嚷着口渴，亲婆总是在一个粗陶的茶缸里凉好了一缸开水，我可以咕嘟咕嘟连喝好几碗。我觉得，亲婆舀给我的凉开水，比什么都好喝。我在外面玩，亲婆从来不干涉我，只是叮嘱我不要闯祸。一次，帮我洗衣裳的保姆埋怨我太贪玩，衣服老是脏。亲婆听见后，便说："小孩子，应该玩，不像我小脚老太婆，没办法出门。小时候不玩，长大后就没有工夫玩了。不过要当心，不要闯祸。衣服弄脏，没关系。"她对保姆说："你来不及洗，我来洗。"在长辈里，只有亲婆这么说，她懂得孩子的心思。

一只苹果

床底下,飘出一阵又一阵诱人的苹果香味,使我忍不住趴到地上,向床底下窥探。

那是经济困难时期,食品严重匮乏,有钱也买不到吃的东西。糖果糕点都成了稀罕物。一天,一个亲戚来做客,送了一小篓苹果。又大又红的苹果,放在桌子上满屋子飘香。竹篓子用红线绑着,母亲不把红线拆开,苹果是不能吃的,这是家里的规矩。

母亲把苹果放在自己的床底下,可苹果的香气还是不断地从床底下散发出来,闻到香气,我就直咽口水。对一个不时被饥馑困扰的孩子来说,这实在是一种大诱惑。房间里没人的时候,我就趴在地上,把苹果篓拉出来,然后欣赏一阵,用鼻子凑上去闻闻它们的香味。那香味好像在用动听的声音对我说:"来呀,来吃我呀。不把我吃了,我就会烂掉。"

我终于无法忍受苹果的诱惑。竹篓子的网眼很大,不必把红线拆掉,我从网眼中挖出一个苹果来,一个人躲到晒台上美餐了一顿。

两天后,母亲想起了床底下的苹果。晚饭后,母亲拿出苹果,她拆开红线,打开竹篓一看,发现少了一个。母亲的脸沉下来,当着全家人的面,大声问:"是谁嘴这么馋,偷吃了一个苹果?"

哥哥姐姐和妹妹都说没吃，我想承认，但又怕受到母亲的斥责。母亲见没人承认，光火了："难道，苹果自己跑掉了？今天非得弄个水落石出！"见母亲发这么大的火，我更不敢承认了。

见没有人出来承认，母亲的火气越来越大，她把苹果篓收了起来，说："这件事情不弄清楚，谁也不要想吃苹果。"

这时，发生了一件我意想不到的事情。<u>一直在一边默默地听着的亲婆突然站了出来</u>，她笑着对母亲说："那个苹果是我吃掉的。你就把剩下的苹果分给小囡吃吧。"

亲婆吃了一个苹果，母亲当然无话可说。她不再追问，打开竹篓，一声不响地分给我们每人一个苹果。分到亲婆时，苹果已经没有了。亲婆说："我已经吃过了，不要再分给我了。"我手里捧着一个苹果，心里很难过。我知道，亲婆没有吃苹果，可她为什么这么说呢？

等房间里没有人时，我走到亲婆面前，把苹果塞到她手里，轻轻地说："亲婆，这个苹果，应该你吃。"<u>亲婆摸摸我</u>

"突然站了出来""摸摸我的头，把苹果放回到我的手中"，简单的几个动作，疼爱孙子的亲婆的形象就勾勒了出来。

的头，把苹果放回到我的手中。

"小孩子，想吃苹果没什么不对。吃吧。"

我不敢抬头看亲婆，我知道，亲婆心里什么都明白。

这次"苹果事件"，以后再也没有人问过，只有我和亲婆知道其中的秘密。不过，我一直没有向母亲坦白。直到现在，想起这件事情，我还会觉得歉疚。

名师赏析

不再让猫爬到自己身上、解释小脚的缘故、买小零食、宽容孙辈、替孙辈承担错误……这些都是小事情，我们的长辈也做得出来。没有刻意去选择，也没有恣意去夸大，作者就是用这些小事，来描述亲婆给自己留下的印象。我们写自己的亲人长辈的时候，也会选择这样的事情来写，可为什么我们没有如此传神呢？也许是因为这些原因：作者总是抓住亲婆的动作、神态以及语言来刻画。有时候只是将动作系列化，比如，"她转过身来，以极快的步子向我奔过来，走到我身边时，路上的一块石头绊了她一下，她打了个趔趄，差点摔倒""她嫌姐姐走得太慢，甩开了她们的手，三步并作两步向我们奔过来"，不是一个动词，而是一串连续的动作的刻画，更重要的是每一个字、每一句话都透着作者深深的感恩与怀念。

作者笔下的亲婆很普通，我们的亲人长辈也是如此，我们写的时候如果带着这种浓浓的情感去写，也可以写出一篇精彩的文章。

阅读导入

初读故事你会感觉,无论从题目还是从内容来看,这个故事都很平常,主要讲的是我们平时常会遇到的小朋友救助小动物的故事。但是,当你再读这个故事,你会发现,这个故事非常不一般。首先,这是一篇从父母视角写的文章,因为文中的小朋友非常小,小到还不会说话,小到长大后根本记不住这件事,于是,他的爸爸为他记录了这个故事;其次,除了对小动物的爱,作者的字里行间还充满了对孩子的爱,对生命的理解。你从哪些句子感受到了父母对孩子的爱呢?画下来读一读,说说哪些词打动了你,让你感受到这样的亲情。

雨夜飞来客

小凡,我的儿子,等你长大了,你会缠着我讲故事的,是不是?假如我把那些关于你的故事讲给你听,你会不会有兴趣呢?也许到那时,你会歪着脑袋大声问我:这是你编出来骗我的吧?不是的,儿子,是你自己创造了这些故事。爸爸只是如实地把它们记下来,就像你那些笑着的、哭着的、玩着的照片,这些都是你过去的历史,都是你自己走出来的脚印。

这里,讲一个发生在雨夜的故事。

雨点越来越急,越来越密,靠阳台的窗户玻璃被雨点打得噼啪作响,水珠子在玻璃上爬动着,描绘出许多古怪离奇的图案。一道闪电突然划破黑暗的天空,在一晃而过的惨白的光芒中,窗户上那些水纹更闪烁出神秘的色彩。大约过了三五秒

"雨夜飞来客",多么引人遐想的题目!雨夜,给人一种神秘之感,在黑漆漆的雨夜,很少会有客人来访吧,这不速之客会是谁呢?又怎么会"飞来"呢?

开篇写出了作者写亲子主题文章的理由——为了记录孩子成长中的点滴。作者用第二人称娓娓道来,亲切而温馨,在看似不经意的文字中蕴含着父爱。找一找,在这段文字中,有几个"是你"?读一读这些句子,在这一再强调的"是你"中,父亲对儿子的欣赏、鼓励,对儿子深沉的爱,你发现了吗?

钟，一声惊雷在空中炸响了，炸雷似乎就在屋顶上滚动，震得人心惊肉跳。

小凡，你出世才六个月，还是头一次听见雷响呢。由于这巨大的声音来得突然，你吓了一跳，小嘴一瘪一瘪，想哭了。然而你终于没有哭出来，窗外似乎有什么东西引起了你的兴趣。那双又黑又亮的眼睛睁得大大的，一眨也不眨。过了一会儿，你竟手舞足蹈咧开嘴笑起来，眼睛还是牢牢地盯着窗外。

窗外有什么呢？我仔细观察了一下水淋淋的窗玻璃，隐约发现外面有一样东西在动，并且不时轻轻地碰着玻璃。我不由得心里一紧：这大雨之夜，黑咕隆咚的，我们这五层楼阳台上，会有什么不速之客呢？你却一点儿不紧张，依然盯着玻璃窗手舞足蹈。我小心翼翼地打开窗户，不禁一愣：窗台上，站着一只鸽子。

不等我动手，鸽子便走到窗子里面来了，我赶紧又关上窗。这是一只蓝灰色中夹着白点的鸽子，大概就是常听养鸽人说的那种"雨点"。这"雨点"浑身被雨水淋得透湿，羽毛乱糟糟地贴在身上，站在那里瑟瑟发抖。我的台灯开着，温暖柔和的灯光也许使它感觉到了亲切，它慢慢地向台灯移动了几步，蓬开羽毛使劲抖了一阵，溅出来的水珠子把摊在桌上的稿子都打湿了。

小凡，你发现的这位不速之客使我们一家都激动起来。

"哦，它大概是迷路了，我们留它住下来吧。"你妈妈伸手把鸽子捧起来，它也不挣扎，嘴里发出温顺的咕咕声。

你被爸爸抱在手里，眼睛却始终盯着鸽子，兴奋的目光里充满了好奇。当看到妈妈把鸽子捧在手里后，你又笑着手舞足蹈了。

<u>为解决鸽子的住宿问题，我们颇费了一番脑筋</u>。家里没有鸟笼，也没有空的小箱子小柜子，让你的这位飞来的小客人住在哪儿呢？你妈妈先是找出一个纸盒子，看看觉得太小，小客人恐怕无法活动；我建议用一个脸盆倒扣在地上当临时的鸽笼，结果也不行，我们怕小客人憋得受不了……最后总算有了一个大家都能接受的主意：把鸽子放到卫生间里，两平方米的天地，它要飞要跳都可以了。

<u>解决了住宿问题，还有吃饭问题呢</u>。我们不知道"雨点"爱吃什么，玉米、小米之类的食物家里没有，只能喂它一点儿米饭了。"雨点"一动不动地缩在屋角里，对它的新居既无新鲜感也没有惊惶不定。

> 面对儿子的"客人"，作者夫妻从住宿问题到吃饭问题，动了多少脑筋？考虑得多周到啊！让我们在这样细致入微的描写中感受到了他们对小动物的爱。有时候，我们在写作中要表达一份感情，不一定把"爱""喜欢"写在明处，也可以像这样点点滴滴地描写自己的所思所行，情感就自然从笔尖流露出来了。

它倒是随遇而安的，可是对于放在脚边的米饭，瞧也不瞧一眼。难道想绝食吗？

这时，你一个人躺在床上，嘴里咿咿呀呀地喊着，小手小脚把床板踢打得咚咚作响。你似乎在抗议了，抗议我们在接待你的小客人时把你排斥在外。你妈妈连忙抱起你，笑着哄道："哦，小鸽子是小凡凡发现的，小鸽子是小凡凡的客人。小凡凡去请小客人吃饭饭！"说着，我们便把你抱进了卫生间。事情真有点儿不可思议，你一看见待在屋角的鸽子，马上眉开眼笑，而且咯咯咯地笑出了声音，一双小手在空中不停地挥舞。鸽子呢，也开始东张西望，活泼起来，嘴里又发出了咕咕的叫声，不多一会儿，竟旁若无人地啄食起地上的饭粒来……

一夜风雨不停，隐隐约约的雷声在遥远的天边不祥地滚动。家里却平静极了，你睡得特别香，很难得地一夜酣睡到天亮。卫生间里的小客人也是一夜无声。

第二天早晨，天晴了，蔚蓝的天空纯净得犹如洗过一般。你眼睛一睁开就笑，

小鸽子因为小凡不再"绝食"，小凡因为小鸽子也破涕为笑，这两个小不点儿真有缘分！作者将小鸽子和小凡的表现穿插描写，不仅表现了动物与人之间和谐美好的感情，也表现了作者对两个"小家伙"的爱。

而且吵着要我们抱你去卫生间。当看到恢复了精神的"雨点"在浴缸上蹦跳时，你又咯咯咯地笑出了声音。和昨夜刚来时相比，"雨点"漂亮多了，羽毛变得又整齐又干净，还一闪一闪发出彩色的光芒。可它似乎有些心神不定，焦躁地在地上踱来踱去。

"它想家了。"妈妈贴着你的耳朵轻声告诉你。你仿佛听懂了，眼睛一眨一眨，严肃地盯着地上的"雨点"。

这时，来了一位邻居。听说我们家里飞来一只鸽子，他便建议道："那好哇，清炖鸽肉，比童子鸡还鲜哩！"我一愣，不知如何回答是好，你妈妈笑着答道："这是小凡凡的客人，怎么能这样呢！"于是邻居也一愣，笑着走了。

我们一家三口，把"雨点"送到阳台上。"雨点"咕咕地叫着在阳台栏杆上来回踱了两趟，终于拍拍翅膀飞走了。只见它绕着我们的楼房飞了几圈，很快便消失在森林一般的楼群中。你停止了手舞足蹈，仰起脑袋久久看着天空，眼睛里飘过

> 邻居对待小动物的态度和作者一家有什么不同？这段插叙可以不写吗？这段从一个侧面写出了一般人对小动物的冷漠，也反衬出作者一家对动物的喜爱，对生命的尊重。

> 结尾处,作者多处描写了孩子的眼睛,写目光中流露的怅惘、平静,还写透过目光猜想小凡的所思所想。请注意,当时的小凡只是一个甚至都不会准确表达自己感情的婴儿,可是在父亲爱的体察中,这些细节却被描写得如此细腻,如此入微!

一丝怅惘。

哦,儿子,你是担心"雨点"找不到自己的家,还是为你的小客人这样不辞而别感到伤心?

这时,天空中突然出现一群鸽子,它们从远处飞来,掠过我们的阳台,又飞向远方。看着这一掠而过的鸽群,你先是惊奇,然后兴奋得又笑又叫。鸽群消失后,你久久凝视着遥远的天空,明亮的眼睛里一片平静。

名师赏析

读着这个故事，相信你的脑海里一定也会回想起自己小时候和动物之间的事：看蚂蚁搬家、和小狗赛跑、追小鸡，或者更小的时候趴在地上和小猫聊天、抓金鱼……还有很久远很久远，远到你都想不起来的趣事——直到你看到照片才惊讶地说："啊，原来还有这事？"

也许你的父母不像作者那样能够用文字记录这些趣事，但是他们也一直用关注、欣赏的目光默默陪伴着你成长。读完故事，建议大家跟父母聊聊自己小时候这样的趣事，回忆其中让你们印象深刻的细节，也学着写下来。你可以像作者一样，取个别开生面的题目，也可以将自己的所思所行与小动物的动作表现穿插描写，还可以写写父母当时的言行，一定会很有收获。

阅读导入

每个孩子都曾经有一个飞翔梦,小时候的我们总憧憬能长出"翅膀",自由飞翔,随着我们一天天长大却常常遗忘了年幼时的梦想。文章以"美丽的翅膀"为题,却不限于描写孩子希望长出翅膀,而是将翅膀的象征意义扩展,引申到孩子丰富多彩的想象力。请你读读文章,看看作者围绕想象力的话题,写了哪些令人脑洞大开的趣事?这些趣事和想象力有什么关系?哪些详写哪些略写?写法上有什么不同?带着这些问题边读边思考,你一定会在如何围绕主题写多个事例的写法上大有收获的。

美丽的翅膀

小凡,你知道什么叫翅膀吗?

对了,麻雀身上长着的是翅膀,海鸥身上长着的是翅膀,小蜜蜂有翅膀,花蝴蝶有翅膀,小蜻蜓有翅膀,小蝙蝠也有翅膀……

有了翅膀,就能飞离地面,飞到高高的蓝天上,飞向很远很远的地方。

有一天,你问我:"爸爸,我为什么没有翅膀?"

"是的,人都没有翅膀,所以人只能生活在地上。"

你又问:"那么,飞机呢?飞机在天上飞,飞机上有人,那是怎么搞的?"

于是,我不得不改变我的答案:"小凡,你问得很对,人也能飞到天上去,因为人能创造出会飞翔的翅膀来。"

你还有问题:"那么,你能不能为我造两只翅膀,装在我身上?有了翅膀,我就像小蜜蜂一样,像小蜻蜓一样,像小麻雀一样,像飞机一样,也会飞到天上,飞得老远老远。"

……

> 这几段父子之间的对话真有意思！一位好奇心强、天真烂漫的儿子和虽然被问得有些狼狈，却仍呵护着童心的慈父形象跃然纸上。读着读着，你会发现，儿子的语言中，重复的句式特别多，这些重复的句式把孩子的天真好问、在父亲面前的无拘无束淋漓尽致地表现了出来。有兴趣的同学可以和父母分角色读一读，体会两个人物语言特点的不同。

我语塞了，不知怎么回答你才好。

我的沉默使你心里的那个问号愈加大起来。你摇着我的手，连声地问："爸爸，我会有翅膀吗？我会有翅膀吗？我要翅膀！我要！"

我沉吟再三，肯定地点了点头。

你皱结的眉头舒展了，扇动着小手满屋子跑着："我有翅膀，我像小鸟一样了，我会飞了！"当然，你的样子并不像小鸟，像什么呢？像一只满地乱蹦的小鸡！

蹦跶一阵之后，你又锲而不舍地缠住我了："爸爸，你啥辰光（吴语和淮语方言：时候。——编者注）给我翅膀？你现在就给我，好吗？"

我笑了笑，说："这翅膀在你心里。你想要有，它就会在你心里飞起来。"

你莫名其妙地瞪着我，像瞪着一个满口外国话的陌生人。

对不起，儿子，爸爸的回答对你来说恐怕深奥了一点，我一时还无法向你解释清楚，你刚刚过了三岁生日，你还小。以后，你一定会懂的。这翅膀，其实早已经开始在你的心里扑腾起来，只是你自己并不知道。它们不是别的，是你心里那美好的幻想和奇丽的想象。你那些天真而又滑稽的想象力常常使我发笑，也使我惊讶。

<u>好，让我来告诉你，什么叫想象力。</u>

那时你还不会说话，只会叫"妈妈""爸爸"，但你已认识好多东西，譬如天上的月亮。每天傍晚天暗下来，你便叫喊着要求抱你出门，一出门口，就抬头看天，倘若天上有月亮，你便兴奋得手舞足蹈，仿佛这月亮是你发现的。当学会发"月亮"这两个音时，你就更得意了，常常"月亮、月亮"喊个不停。白天为什么没有月亮呢？你大概觉得奇怪，于是开始到处寻找起来，想不到，你居然到处能找到月亮——妈妈烧饭时，你指着圆圆的铝锅盖大叫："月亮。"妈妈为你洗脸时，圆圆的脸盆在你眼里也变成了月亮。妈妈给你吃香蕉，你举着香蕉又笑又叫："月亮！月亮！"妈妈笑了，你指着她那笑弯了的眼睛，轻轻地、犹豫不决地问："月亮？"

> 围绕想象力这一主题，作者关于"月亮"的部分写得最详细，为什么呢？一方面是因为小凡对"月亮"的想象令作者印象最深刻；另一方面，月亮本身有圆有缺，变化多端，这样可以想象的事物也就更加多样了：锅盖、脸盆、香蕉、眼睛、尿迹……圆的弯的，想得到的，想不到的，恰当地表现了小凡丰富的想象力。

再来看这一段描写中,你对哪个关于"月亮"的想象印象最深,读来不觉喷饭?一定是关于"尿迹"的那个吧?是呀,一个是浪漫、高洁,被无数文人墨客赞美的月亮,一个却是臭烘烘,登不了大雅之堂的尿迹,谁会把这极大反差的两者联系在一起?但细想,月亮和尿迹同样是圆圆的、光亮亮的,比得挺恰当。在我们大笑之余,也一定会赞叹小凡想象的独特有趣吧!这样的比喻既带给人感觉上的新鲜感,又恰当贴切,突显了人物的特点。

作者选择印象深刻又最能表现主题的材料详写,在比喻时注意选择富有新鲜感的内容,读来令人印象深刻。

你在地上尿尿,完事后站在那里不肯走,眼睛呆呆地望着地上。我问你:"小凡,你在做什么?"你指着地上那一摊尿迹,很认真地告诉我:"爸爸,月亮!"我和你妈妈笑得前俯后仰……

当然,你的尿迹不仅仅是月亮,在你的眼里,它们变化无穷,有时是"阿鱼",有时是"小熊猫",有时是"大灰狼",有时是"云"。有几天,还变出一辆"大汽车"呢。我和你妈妈开玩笑说:"假如我们的小凡将来成为一个画家的话,他的创作从小时候在地上尿尿就开始啦!"

那一次,我和你妈妈带你出去,我们坐的小车在马路上飞驶。经过一个十字路口时,你突然指着窗外叫起来:"瓶,爸爸,瓶!"什么瓶?我感到莫名其妙。车过另一个十字路口时,你又叫起来:"瓶!爸爸,我要乘瓶!"这次我看明白了,你说的"瓶"原来是十字路口的警亭,圆柱形的嵌满玻璃窗的警亭看起来真有点儿像瓶。而且,在奔驰的车上往外看,那警亭确实仿佛在移动,所以你想"乘瓶"了。

把警察岗亭比作瓶，我没有听说过，也没有想到过，小凡，这是你的创造。

我们搬了新家，窗外有棵法国梧桐。冬天，树枝上光秃秃的，只有几个毛茸茸的果球在枝头晃荡，你说："铃，树上有铃。"你说得不错，法国梧桐本来就叫悬铃木。谁教你的？春天，树上长出叶子来，有一次，你趴在窗台上观察了好一阵，突然回过头，很神秘地告诉我："爸爸，树上长手指了。"哦，儿子，谢谢你，你的发现使我有了一首诗的构思。

一位作家阿姨从北京来，你问："北京有什么？"作家阿姨回答："北京有天安门。"你又问："天安门会飞吗？"作家阿姨只能对着你笑，她可从来没有想过，天安门是不是会飞。在她的小说里，天安门是一座古老的城楼，是一部历史。但是，你却执拗地问她："天安门会飞吗？"在你的小脑袋里，大概这世界上所有的一切都会飞起来，对不对？

爸爸出门旅行，和你分别一个月，回家后，你搂着爸爸的脖子又哭又笑。你已经知道想念爸爸了，我很高兴，我也一样想你。你问我："爸爸，你还去开会吗？"（我的一切出门，你都认为是开会，是妈妈教你的。）我回答："现在不去，以后还会去！"我问："为什么不要爸爸去？"你的回答像个小大人，使我感到意外，你说："你开会开得太长！"我又问："什么叫'长'，你能告诉我吗？"我以为这问题能把你问住。你果然愣了一愣，可还是回答我了："长……火车轨道，像火车轨道一样长。"漫长的时间像火车轨道一样！儿子，你怎么会有这样的念头呢？

这些故事，你将来也许会觉得幼稚可笑，但爸爸并不这么认为。我说，这些，就是刚刚在你幼小的心灵中开始飞起来的翅膀，它们是美丽的，是珍贵的。人生需要这样的翅膀。假如人的生活中失去了憧憬，失去了幻想，失去了想象力，那么，生命将会是何等乏味，何等黯淡，何等凄凉。

是的，我们会保护你的小翅膀，并且要努力使它们的羽毛逐渐丰满起来。这个世界大得很，你尽情地飞翔一辈子也不会有穷尽的，儿子！

作者略写的这些材料，可以交换它们的顺序吗？好好读一读，你会发现不能。"乘瓶"是静态事物之间的想象，树长手指，和天安门会飞，是静态事物与动态事物之间的想象，到最后把虚的时间想象成实的火车轨道，小凡的想象是由易到难，层层递进，越来越脑洞大开。这就启发我们在安排多个材料时，始终要做到心中有序，有条不紊，这样能带给读者渐入佳境之感。

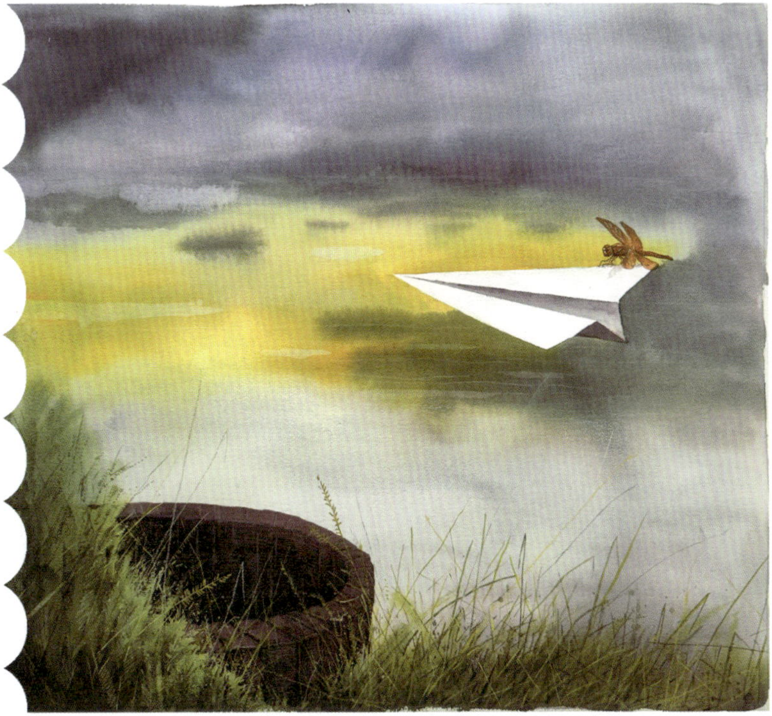

假如人的生活中失去了憧憬,失去了幻想,失去了想象力,那么,生命将会是何等乏味,何等黯淡,何等凄凉。

名师赏析

　　作者把想象比作美丽的翅膀,希望孩子乘着想象的翅膀飞翔,过着拥有无限乐趣的生活。在你的童年中,在你的生活中,有过各种关于想象的故事吗?如果让你来写,你会用什么做题目来比喻想象力呢?是美丽的翅膀,神奇的飞毯?是奇幻的星空,潘多拉的宝盒?……围绕这个主题,你的故事肯定也有很多吧?你会详写哪个,略写哪些呢?多个材料在一起时,你是否做到有内在的条理呢?来,展开我们的想象翅膀,坐上我们的想象飞毯,让我们也来写一写属于我们自己的想象力的故事吧!同样希望你珍视这些有趣的点点滴滴,发现更多的意义,你会发现你的人生,同样很不一般!

阅读导入

你收到过信吗？写过信吗？随着信息时代的到来，人们的通讯方式越来越多样，也越来越便捷。我们大多数同学，写信恐怕都是在习作课上，收到的信也不多了吧？可是读读下面父子之间的信，你是否感到，在许多时候用笔书写的信有它独特的魅力，有着视频聊天、打电话所没有的一些意味呢？

读读文中所写的两封信，有没有让你觉得意外的地方？从信中你感受到了怎样的感情？

第一封信

小凡，爸爸出门久了，很想念你。写一封信吧。但你还不识字，那就画一封信吧。这是爸爸第一次给你写信。

画什么呢？

画一个爸爸在台灯下写字。（这是爸爸在给你写信。）

画一群人走出汽车进门去。（这是爸爸在北京开会。）

画一个小凡独自睡在大床上，再画小凡一个人在吃饭……（小凡，你在家乖不乖？睡觉要妈妈陪吗？吃饭是不是自己吃？出去时不能要妈妈抱。）

画一台电视机，屏幕上有只米老鼠。（你最喜欢看《米老鼠和唐老鸭》了，等爸爸回来后，你把新看到的唐老鸭故事讲给爸爸听，好吗？）

爸爸给小凡写的信，一定让你备感意外吧？是呀，一位大作家给儿子写信居然是用画的，这是第一处意外。再数数，爸爸为了写这封信，一共画了几幅画？可以想象，不是画家的爸爸画这些画所花的工夫，远远比写作来得辛苦。那么，作家爸爸为什么要给儿子画这封信呢？写文字寄过去让妈妈读一下不就完了吗？联系前几篇文章中作者对儿子的尊重、鼓励，再联系他在不少文章中对孩子童年生活印迹的珍惜，我们从这独一无二的画的信中分明读到了一位父亲对儿子深沉的爱。这是写给小凡的信,当然要用小凡看得懂的语言!

作者选用既让人意外,又在情理之中的素材,一连串的分段短句写出了画信内容的复杂,于不着笔墨间,表现了作者对儿子的尊重与爱。

画一扇窗,小凡趴在窗上往外看。(每天早晨,太阳公公出来后,你叫妈妈拉开窗帘看看,窗外的树上有没有绿颜色的叶子长出来?有没有小鸟在树上唱歌?如果有,这就是春天到了。)

画小凡跪在地上搭积木。(你天天搭积木吗?以前老是爸爸给你搭,爸爸不在家的时候,你自己能不能学会搭飞机、轮船?爸爸回来后你搭给我看,怎么样?)

画小凡坐在小椅子上画画。(画太阳公公,画月亮,画大公鸡,画火车。)

画小凡打电话。(爸爸从北京打电话回家时,你来接,好不好?告诉我,你有没有惹妈妈生气?)

再画一组画,请你把画的内容讲给妈妈听:

一个妈妈搀着一个小男孩站在路边。一辆小汽车开过来,有人从小汽车里探头招手。(你当然知道,这是爸爸从北京回家了!)

爸爸抱起小凡,把小凡高高地举到头上。

爸爸从旅行袋里拿出一辆小汽车送给小凡。

这些,就是爸爸写给你的第一封信的全部内容。信寄出后,我天天等着回信,因为我对你妈妈说了,要你给我写回信。小凡,我能不能收到你的回信呢?

过了几天,你妈妈来信了。拆开信封,先看见的是你的两张画,一张是《太阳公公笑眯眯》,一颗绿色的太阳,长着眼睛鼻子,歪歪斜斜的光芒像是这位老公公的长头发和长胡子。另一张是一辆电车,有一大一小两个轮子,两根长长的辫子。这些,就是你给爸爸的信吗?

想不到,两张画下面还真的有你写的一封信,字迹是你妈妈的,但话却是你说的。

爸爸:

你好!

你给我的信我看懂了,我真高兴。妈妈握着我的手给你写信。

爸爸,我很想你。你会开完了吗?怎么老是开不完?我天天看电视,没看见你。我想你。我喜欢你。你早点回来!我喜欢你,爸爸。我听你的话不让妈妈生气。我在家里看小人书、画画,还搭了一个大飞机。爸爸等你回来了,我搭大飞机给你看,很大的大飞机。妈妈教我识了好几个字:上海、文汇报、新民晚报。我还会写0、1、2。大家都说我长高了,又长胖了。你乘小汽车早点回来。我和妈妈在家里等你好吗?你回来,我听你的话,你讲故事给我听。爸爸,我想你,我哭了……爸爸再见!早点回来!

小凡

  这封信是由你口授,妈妈在你背后握着你的手一个字一个字写出来的。信快写完时,你突然不吭声了,妈妈伸过头去一看,只见你泪流满面,小嘴在一瘪一瘪。你泣不成声地说:"我想爸爸!"说着,眼泪就吧嗒吧嗒地滴在了信笺上,怪不得信笺上有一点一点的斑痕。你再也说不下去,索性站起来放声大哭了一场。好孩子,你想念爸爸,这没错,但为什么要哭呢?你不是常常拍着胸脯告诉别人"我是男子汉,我勇敢,我不哭"吗?说到了做不到,可不算男子汉。当然,爸爸理解你,"多情自古伤离别",这大概也是人的天性,但是你要记住(离别是生活中免不了的事情,像这样小小的离别,更算不了什么)在你未来的人生道路上,还会有许多次离别,有一天,你还可能会告别父母去周游世界呢!

  这是爸爸第一次收到你的信,写这封信时,你才三岁一个月。爸爸将永远保存着这封信。你在信里流露出的这种天真而又缠绵的感情,是不是你对爸爸在你身上付出的爱的报答?小凡,你无法想象爸爸在读你的信时心情是多么激动和陶醉。对你来说,爱,这只是一种极其朦胧、极其抽象的东西，但你已经在体会它。爸爸一直认为，爱，应该是我们这个世界的主旋律。这种爱，绝不仅仅存在于父母、孩子和其他亲人之间；人与人之间，都应该充满爱心。当然，这种爱是以相互理解作为基础的。假如世界充满了爱，那么，许多无谓的仇恨、非分的贪欲和阴暗的妒忌都会悄悄地和解……你看，我又扯远了。

　　作者收到小凡的信中有画也有文字，作者略写画的部分，却全文录入小凡用文字写的信，又极其细腻地描写自己读信后的所思所感。因为不会写字的小凡一笔一画写出来的信，既让人意外，又让人格外感动。作者在详略构思上的独具匠心，你学到了吗？

名师赏析

　　读完了这篇文章，文中的爸爸和儿子收到的仅仅是信吗？不，还有对对方的理解和爱，就像作者在结尾中所说，"爱，这只是一种极其朦胧、极其抽象的东西"，但是它却能借由写信这样朴素的方式来传递，连小凡这样的孩童都能感受到。因此，作者的结尾绝不是"扯远了"，人与人之间如果充满了爱，那么这个世界一定会变得非常美好！

　　你写过信吗？你印象深刻的信是怎样的？请你以"我写（收到）的一封信"为题，像作者那样，也选择一些让人意外的素材来写一写，也许更能吸引人。你可以用一连串的分段短句表现"说不完的话"，也可以用细腻的写法写出自己对这封信的所思所感。相信你的读者一定也会感受到信所带给你的浓浓的情意。

　　如果没有写过信，读了文章你是否对写信有一丝心动？你的心目中一定也有那个你想表达爱的人吧？也许是你的父母，也许是你的兄弟姐妹，也许是你的朋友。像作者那样，写一封信给他（她）吧！像作者那样，想对方所想，聊聊自己，问问对方，这样的书面交流一定比打电话发微信，更能加深你们的了解，深厚你们的情意。快拿起笔试一试吧！

阅读导入

《学步》这篇文章,曾经入选过北师大版语文六年级下册课本。你是否觉得很诧异:学步、学自行车、学做饭……这样的题材我们在小学中年级时就写过了。这篇文章比起一般的记事作文,到底特别在哪里?细细读这篇文章,想一想,文章除了写"学步",还写了什么内容?从中你领悟到什么?

学步

儿子,你居然会走路了!

我和你母亲永远不会忘记那一天。在那之前,你还整日躺在摇篮里,只会挥舞小手,将明亮的大眼睛转来转去,有时偶尔能扶着床沿站立起来,但时间极短,你的腿脚还没有劲儿,无法支撑你小小的身躯。那天,你被几把椅子包围着,坐在沙发前摆弄积木,我们只离开你几分钟,到厨房里拿东西,你母亲回头望房里时,突然惊喜地大叫:"啊呀,小凡走路了!"我回头一看,也大吃一惊:你竟然站起来推开了包围着你的椅子,然后不依靠任何东西,自己走到了门口!我们看到你时,你正站在房门口,脸上是又兴奋又紧张的表情。看见我们注意你时,你咧开嘴笑了。你似乎也为自己能走路而感到惊奇呢。

从沙发前到房门口不过四五步路,这几步路对你可是意义不凡,是你人生旅途上最初的几步独立行走的路。我们都没有看见你如何摇摇晃晃地走过来,但你的的确确是靠自己走过来了。当你母亲冲过去一把将你抱起来时,你却挣扎着拼命要下地。你已经尝到了走路的滋味，这滋味胜过当时你那个世界里已知的一切，靠自己的两条腿，就能找到爸爸妈妈，就能到达你想到达的地方，那是多么奇妙多么好的事情！

你的生活从此开始有了全新的内容和意义。只要有机会，你就要甩开我的手，摇摇晃晃地走你自己的路。你在床上走，在屋里走，在马路上走，在草地上走；你走着去寻找玩具，走着去阳台上欣赏街景，走着去追赶比你大的孩子们……

儿子，你从来不会想到，在你学步的路上，处处潜伏着危险呢。在屋里，桌角、椅背、床架、门，都可能将你碰痛。当你跟跟跄跄地在房间东探西寻时，不是撞到桌角上，就是碰翻椅子砸痛脚，真是防不胜防。已经数不清你曾经多少次摔倒，数不清你的头上曾被撞出多少个乌青和肿块。每次你都哭叫两声，然后脸上挂着泪珠，爬起来继续走你的路。摔跤摔不冷你渴望学步的热情。在室外，你更是跃跃欲试，两条小腿像一对小鼓槌，毫无节

> 由孩子跨出的第一步，作者想到了人生旅途的第一步。由学步的滋味，想到探索未知世界的滋味。你发现这篇文章写作的奥秘了吗？作者在写学步的过程中，加上了对人生的思考，使得这篇写学步的文章充满了哲理性。

作者由儿子学步经历的困难和小家伙表现出来的坚强无畏，想到了人生道路中的曲折、坎坷，鼓励孩子不要失去克服困难的勇气。这样寓理于事、寓情于细节的写作方法，你学到了吗？

奏地擂着各种各样的地面。你似乎对平坦的路不感兴趣，哪里高低不平，哪里杂草丛生，哪里有水洼泥泞，你就爱往哪里走。只要不摔倒，你总是乐此不疲。<u>这是不是人类的天性？在你未来的人生旅途上，必然会遇到无数曲折和坎坷，儿子啊，但愿你不要失去刚学步时的那份勇气。</u>

你开始摔倒在地的时候，总是趴在地上瞪大眼睛望着我们，你觉得有点儿委屈，但很快习惯了，并且学会了一骨碌爬起来，再不把摔跤当一回事。那次你沿着路边的一个花坛奔跑，脚下被一块大石头绊了一下，我们在你身后，眼看着你一头撞到花坛边的铁栏杆上，心如刀割，却无法救你——铁栏杆犹如一柄柄出鞘的剑指着天空！你趴在地上，沉默了片刻，才放声哭起来。我奔过去把你抱在怀中，不忍看你的伤口，我担心你的眼睛！好险啊，铁栏杆撞在你的额头正中，戳出一道又长又深的口子，血沿着你的脸颊往下流……

你的额头留下了难以消退的疤痕，这是你学步的代价和纪念。

儿子，你的旅途还只是刚刚开始，你前面的路很长很长，有些地方也许还没有路，有些地方虽有路却未必能通向远方。生命的过程，大概就是学步和寻路的过程。儿子啊，你要勇敢地走，脚踏实地地走。

写好了事也写好了理，似乎可以搁笔了。但是作者笔锋一转，又写了这惊心动魄的一瞬间，把文章推向了高潮。有时候，困难可不是那么容易克服的，甚至会留下伤痕。但是作者又是怎样看待这样的伤痕的呢？你找到那个关键词了吗？对，一个看似不经意的"纪念"，表达了作者乐观看待生活的精神。古人说，"文似看山不喜平"，将特别打动人的细节或让人意想不到的情节写在文章后面，对于深化主题等有很大的作用。

名师赏析

　　读着这事理交融的《学步》,你是否也受到了启发?回想你人生的许许多多第一次,许许多多学习的历程,比如第一次独自上学,第一次做饭,第一次走丢……或者是学踏板车,学装小闹钟,学舞蹈……在你人生的许多学习中,一定也有过失败,有过恐惧,有过放弃的念头,更有过不服输的勇气和战胜困难的智慧。现在回想起来,在每一次探索中,在每一个小小的努力的细节里,是否也蕴含着不少道理?试着用"学……"或者"第一次……"为题,来写写这样的文章吧!在写作中,不仅可以像本文一样,将叙事和说理有机穿插着写,不断推动情节的发展,还可以在结尾处写写过程中最打动人的情节,将内容推向高潮,将哲理推向更深处。写完也可以和以前写的作文比一比,你会发现,在叙事中写理,不仅帮助我们将事情写得更加具体生动,也使文章在思想上更能发人深省。

阅读导入

阳台，一个多么普通的地方！可是在作者的笔下，在不断探索新事物的小凡的眼里，却是充满无限向往和乐趣的天堂，是自由和神秘未知的象征。读读下面的文字，感受作者选材的独具慧眼和写法的独具匠心，他选择了哪些素材写阳台带给孩子的乐趣呢？用了什么写作方法，突显了阳台带给孩子的乐趣，表现了未知世界对孩子的意义？

阳台

儿子，自从你躺在襁褓里睁大眼睛凝视着我们，自从你清澈的目光在我们的世界里快活地流淌，我们常常陶醉在你那天真的充满好奇的目光里，忘却了所有的辛劳和烦恼。我也常常想：假如有一天，你的目光中流出了惊惶，流出了忧郁，流出了悲伤，我们怎么办？做父母的大概谁也无法使自己的孩子永远沉浸在无忧无虑的欢乐中，因为，你们不可能永远睡在温暖的襁褓里。世界很大，也很诱人，儿子，你说是不是这样呢？你那越来越起劲儿的东张西望的眼神给了我肯定的回答。

你视野里所有的一切都是新鲜的，你惊奇地打量着你目光所能触及的天地，你挥舞着小手每时每刻都想着提出新的要求。一天又一天过去，你看熟了屋里的一切：天花板、壁灯、挂在墙上的画和照片、放在橱里的花花绿绿的书、会唱歌奏乐的收录机……你也玩腻了你的所有玩具：熊猫、狗熊、米老鼠、汽车、飞船……你的目光里终于越来越强烈地流露出烦躁和不满来——怎么，这世界就这么狭窄这么小？于是

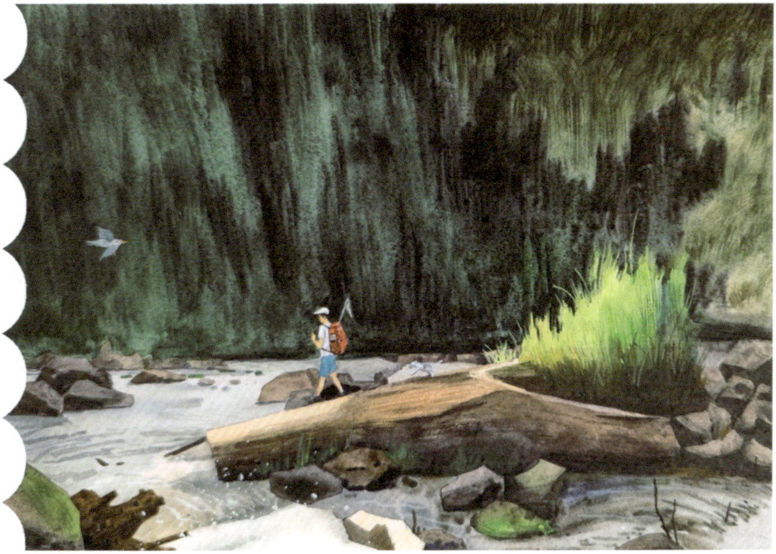

儿子啊,你要勇敢地走,脚踏实地地走。

你总是注视着窗户，窗外有阳光，有蓝天，有白云，偶尔还有一两只鸽子飞过，窗外的世界要辽阔丰富得多。你挥舞着小手啊啊地叫着，吵着要看窗外的世界。只要打开那扇通向阳台的门，你就笑了，目光里闪耀出难以抑制的欣喜和激动……

是的，窗外有一个小小的阳台。站在阳台上，能看见远处正在盖新房的工地，还能看见绿色的田野呢，田野里有平静的水塘，像嵌在地上的一面面镜子。每次我抱着你走到阳台上，你总要兴奋得手舞足蹈，你瞪大眼睛观察着屋外远远近近的一切，看着看着，嘴里便没了声音，一对大眼睛出神地凝视远方，一副若有所思的样子。你在想什么呢，儿子？你是不是在想：哦，世界原来这样大，可爸爸妈妈为什么整天让我待在这么一间小小的屋子里……

抱着你站在阳台上的时间不可能太长。重新进屋对于你是一件不堪忍受的苦事，你啊啊地叫着，拼命地挣扎着，眼睛

可是为什么小凡不再喜欢一般孩子喜欢的事物，却欣欣然地向往着、凝视着大人平时司空见惯的事物呢？全是因为阳台所看到的一切是未知的，是全新的，因为孩子的探索欲和好奇心！作者巧妙地通过两种事物的对比，让我们感受到阳台这样一方全新的天地对小凡的吸引力，表现了作者对儿童好奇心的欣赏和呵护之情。

里含着泪水,就像一只冲出笼子的小鸟再度失去了自由。你留恋这个能看到大千世界的小小的阳台。然而总不能老站在阳台上,夏天太阳毒,冬天寒风猛,这可不是你久待的地方啊,儿子。

当你开始学会扶着墙壁跌跌撞撞地走路时,阳台很快就成了你一心想到达的目标。从你的摇篮到通向阳台的门不过三五步之遥,可对于你来说这段距离实在不短。你常常跌倒在走向阳台的路上,然后仰起小脸望着阳台门,我在你的眼睛里发现了失望和沮丧。可阳台的吸引力绝不会因此消失。你锲而不舍,一步一步向阳台逼近。终于摸到阳台门了,然而门关着,你咚咚地拍着门,哭了。儿子,爸爸妈妈还不敢让你单独走上阳台,你才一岁刚出头呢!

那天上午,你趴在沙发上摆弄积木。一转身,突然不见了你的影子,你母亲惊叫一声,脸也紧张得失色了。一看阳台门,居然敞着,我们俩一起奔向阳台……

这是你头一次独自走上阳台,当时的情景我怎么也忘记不了。阳台造得很粗糙,围栏是毛毛糙糙的水泥板,你的视线被水泥板遮住了,但你居然知道怎样才能看到水泥板外面的世界——你举起一双小手紧紧地抓住水泥板的上方,一双小脚攀上了高出阳台地面的水泥台阶,并且竭力向上踮起,这样,你的眼睛刚好高出水泥护板。你就保持着这种既危险又费力的姿势,专心致志地观察着阳台外面的世界。我和你母亲看着你小小的背影，惊呆了。这时我无法看到你的表情，但你的目光我是能够想见的，你经过自己的努力和搏斗走上了阳台并且看到了你所期望看到的一切，你一定陶醉在你的成功里，你一定品尝到了前所未有的欢乐。当你回过头来得意地望着我们时，我果然在你的目光里看到了这一切。好小子，我们也为你骄傲！

阳台对你的吸引力越来越大了，爸爸妈妈一不留神，你就要摇摇晃晃地走过去夺门而出。是不是放你单独上阳台呢？我和你母亲经过一番讨论后，终于决定尽可能给你行动的自由，你既然想通过自己的奋斗来摆脱孤独，来瞭望世界认识世界，我们怎么能阻止你呢？

于是，阳台便成了你的乐趣无穷的天地。当你紧抓住水泥护板踮起脚尖伸长脖子向外瞭望时，你背后的任何声响都无法干扰你的全神贯注。最吸引你的是马路上各式各样的汽车，来来往往的每辆汽车都有不同的形状，所以你的新鲜感便不会散去。你在阳台上认识了云、太阳、小鸟。

在这段描写中，最打动你的细节是什么呢？一定是小凡在阳台上小小的努力的背影吧！"抓""攀""踮"这一串传神的动作描写，恰到好处地表现了孩童对外面世界的向往。作者的描写还不限于此，更从这背影联想到表情，由表情联想到目光，由目光联想到孩子的心理……背影本是非常难以描写的细节，但通过作者精准的用词和恰当的联想，使这处描写于朴素中见精神，特别打动人心。

小鸟也是你极喜欢的，每次小鸟从你的视野中消失，你仰起的小脸上总会出现惘然若失的表情。一次，你急急忙忙地从阳台奔进屋子，拉住我的衣襟就往外拽，好像发现了什么新闻。我跟你走上阳台抬头一看，明白了，原来是一架直升机。这只奇异的大鸟使你的眼睛闪烁出惊喜的光芒。

我说："小凡，这是飞机。记住，飞机！"

"飞——机。"你居然出人意料地吐出了这个词儿。这样，"飞机"便成了你最初学会的几个单词之一。以后每次上阳台，你都要仰起头看天空，嘴里连连呼唤着"飞机"，当然飞机不会天天从阳台上空飞过，可你寻觅期望的目光却没有因此黯淡。

有一次你独自在阳台上，突然有一声巨响传进屋里，我和你母亲的心像被人猛揪了一下，赶紧奔到阳台一看，不禁倒抽了一口冷气——是放在栏杆上的一盆吊兰，被你抓着垂下的枝叶拽了下来，沉甸甸的花盆擦着你的头掉在地上，摔成了无数碎片。好险！

这次历险并没有破坏你对阳台的感情，只要有机会，你照样往阳台上去。我们也习以为常了，再不来盯着管着你。想不到，你又在阳台上发现了新大陆。那天，我放在手边的一本书突然不见了，怎么也找不到。在我忙着找书的时候，你似乎也从阳台上进进出出地忙碌着，你脸蛋红通通的，还带着兴冲冲的微笑。你忙什么呢？无意中我突然发现，每次从阳台进屋，你都要抓一样东西，然后急匆匆地再往外走，一会儿是一辆汽车，一会儿是一块积木。我跟你走上阳台一看，不禁又好气又好笑——你发现水泥护板下面有一道空隙，你的那些小玩意儿正好可以从这道空隙里塞进去，把东西一件一件往外塞，你觉得很有趣。我俯身往下一看，嚯，好家伙，底楼的天井里已经花花绿绿撒了一地，所有可以塞进去的玩具都从五楼飞了下去，你的成就还真够大的！那本不翼而飞的书，也已经飞到了底楼……儿子啊，为了你的这种创作，你爸爸可有活儿干了。从五楼奔到底层，还要翻越围墙，捧着你的"作品"回到家里时，累得直喘气。你母亲说："小凡知道爸爸老坐在那里写文章，缺乏锻炼，想叫爸爸锻炼锻炼呢！"

时间久了，阳台的魅力在逐渐消失，你终于开始不满足起来。站在阳台上瞭望不多一会儿，你便要转过脸用乞求的眼光看着我，用刚刚学会的话轻轻地对我说："爸爸，外外去。"

以成人的眼光来看，阳台抛物是一件不太道德的事，可是从孩童的眼光看却非常新奇好玩。正因为站在孩子的角度看问题，所以作者没有像常规思维那样大光其火猛批一顿，而是不厌其烦地跑上跑下，还美其名曰"锻炼"。对"错事"的反转理解，儿子兴冲冲抛物和父亲气喘吁吁捡物的形象反差，使这个关于阳台的小插曲充满新意和趣味，突出了作者对孩子向往未知、乐于探索的童心的赞赏。写作时打破常规思维，发现事情的意义，往往会使文章充满新意，别有风趣。

名师赏析

　　这是一篇充满对比的文章：从写作对象看，平凡寻常的阳台却是小凡天堂般的乐园；从素材选择看，玩具与阳台对比，危险与探索对比，阳台抛物的"是非对错"与好奇心对比，最终象征着童心探索的阳台完胜。在这样的反差中，我们读懂了作者赋予阳台别样的意义，也感受到文字间作者欣赏、鼓励孩子的慈父深情。

　　在你的生活中，有没有像阳台这样同样平凡却充满乐趣的地方？在小凡眼里，阳台象征着未知、神秘，那么在你眼里，你最爱的地方又象征着什么？在那里有哪些虽普通却在你眼里充满魅力的事物？有没有发生过同样虽危险却牢牢吸引你，虽有些"小错"却充满童趣的事情？在这些事情中，你是否也能感受到亲人间或者小伙伴间的情谊？请你也来写一写这样的地方，试着像作者一样通过对比，表现这个地方的特别。

阅读导入

你爱画画吗？作者围绕写小凡的"童画"，以小标题的形式写了一幅幅生动的画，字里行间充满了对儿子的欣赏，对孩童创造力的惊叹。虽然写的都是小凡画的内容，但是读来却并不让人感觉单调，这固然是画的内容本身丰富多彩的缘故，还得益于每个小标题下的内容、写法各不相同，所表达的想法、传递的感情也有微妙的差别。读读这些内容，看看作者是怎样写这些画的？写每幅画各要表达什么想法，抒发怎样的感情？这些想法和感情有什么微妙的不同？

童画

　　小凡喜爱画画了，这使我欣喜。他平时手舞足蹈没有一刻安宁，嘴里也不停地发出各种各样的声音，可一开始作画，便马上变了一个人。他坐在小桌子前那种聚精会神的样子，像个懂事的小大人。

　　他不喜欢临摹，对依样画葫芦极无耐心。我曾经让他写生，画一些静物，譬如水壶、花瓶之类，他没有兴趣，总以极快的速度完成，而且画得歪歪扭扭，嘴里还连连喊着"没劲儿"。他喜欢画想象中的事物，譬如飞碟、太空飞船、机器人，还有千奇百怪的汽车。他笔下的这些东西，是我们这辈人在童年时连想也想不到的。这大概也是一种时代特征吧。

　　如果论技巧，小凡的这些画拙憨不堪，直线不直，圆圈不圆，涂色也是随心所欲。有时候太阳是绿的，树叶是红的，天空是黄的，违背了常规。可看到的人都不以为怪，因为这是五岁孩童所画，这是童心，是一个天真单纯的孩子对世界的认识，对生活对未来的向往。他的画中拥有成人所不具备的想象力，他的画没有一幅是死气沉沉的，满纸都是活泼泼的生命的运动。

看他的画,使我情不自禁地想拒绝"衰老"这个步步紧逼的客人再靠近我,并且使我产生了创作的欲望。

山和空中缆车

那次我要出门,小凡在床上摊开画纸准备作画。他问我:"爸爸,今天画什么?"

"画山。"我随口回答,并信手用食指在纸上比画出山的形状:一个大大的三角形。

我出门时,只见小凡已埋头画起来。我想,今天我出的画题大概太单调,不可能指望在他的笔下出现什么奇迹。在我的脑海中,只有一座绿色的或者黄色的尖顶山峰兀立在白纸上。

一个小时后我回到家里,小凡已完成了他的画,正在搭积木玩。我问:"你的画在哪里?"他边玩边答道:"画得不好,我不要了。"我一看,那张纸还在床上。

> 爸爸只是比了一个"山"的样子,出了一个再普通不过的题,小凡却画出了一个鲜活动感的山的世界。作者用出题之平凡与画之复杂生动对比,表达出对孩子想象力的惊叹。后面画家的话,再一次印证了"没有什么比孩子的想象力更奇妙"的观点。

> 作者是怎样有条不紊地把画展现在读者面前？作者按观察的顺序，先从整体出发，描写画的主体"山"，再从细节出发，描写从"山顶"到"山脚"的景物，这样按照一定的顺序，再加上生动的描写，一幅既有创意又充满动感的画面就出现在读者眼前了。

走近一看，不禁吃了一惊，画面上的内容远比我预想的要丰富。中间的那座大山正如我随手比画的那样，只是山坡上布满了弯弯曲曲的路，每条路都通向山顶。山顶并不尖，而是一个平面，平面上冒出一个红红的火团——是一座正在喷发的火山！山下有汽车，有小房子。山的上空还有一道粗重的线条横贯天空，两边各有一辆式样奇异的车辆悬在空中——是两辆空中缆车。缆车的窗口里露出几个小脑袋。最奇妙的是准备上缆车的人，这是两队凌空而上的小人，如同小天使似的排着不整齐的队伍飘然飞向缆车……

小凡见我对着他的画稿发愣，便过来问："爸爸，我画得不好，对不对？"

"不，很好。"我请小凡重新坐下来，用彩笔涂上了未上色的部分。

几位画家朋友来我家时看到这幅画，都说小凡画得不一般。画家们说："这样的画，我们画不出来。"

是的，没有什么比孩子的想象力更奇妙的了。

新式车

　　小凡常常说："我长大了要做司机，开汽车！"对马路上穿梭来往的各种小轿车，他最熟悉，只要远远看一眼，就能大声报出这车是什么牌子。他画得最多的也是汽车，轿车、卡车、吊车、铲车、压路车、电车、公共汽车，什么车他都画。

　　一次，他画了一辆奇怪的轿车，车头极长，机器裸露在外面，车身如同古代的马车，车轮上有钢丝。看上去很像是最初的老式汽车。

　　我问小凡："这是什么车？"

　　"是新式车。"

　　"你见过这样的新式车吗？"

　　"没见过，是我想出来的。"

　　"告诉你，你画的是最老式的汽车！"

　　"不！"对我的看法，小凡颇不以为然，"这肯定是新式车。"

　　后来我想，小凡大概也没有错。对他来说，这确实是一种新式车。式样的新和旧，其实并没有什么定规，新花样变旧，老花样又翻新，这似乎也是生活中的常理了。在西方，现在常常模仿这种老式车，制造出价格昂贵的豪华新车。小凡当然还不会想到这些。

好，权且照小凡的说法，把这辆怪车称为"新式车"吧。

画一首诗

"我要画一首诗。"小凡提着一支彩色笔，一本正经地宣称。

我一愣。诗为何物他还不知道，怎么个画法？

没等我发问，小凡已埋头在一张大白纸上唰唰地画起来。先画一棵树，又画一座山，山坡上一间小房子，极其简单。然后又在画的右首"写"了一行"字"——他还不会写字，这些字是他自己发明的，像英文字母，又像日文假名，也像方块汉字。我问他写的是什么，他一笑，说："这是很久很久以前，古代人写的，我不认识。"说完，他又在画的左边画了一个圆圈，圈中画一个戴高帽子、长长胡子的人头，然后解释道："这首诗就是这个古

同样是写画，这一小篇以对话为主，这样既使文章读起来有变化，又暗含了作者对孩子想象力的欣赏——对儿童画作来说，画技不是最重要的，即使画得像老式车，只要孩子能够自圆其说，那就是创意无限的新式车。

代人写的。"

看着这幅画,我的脑海里很自然地涌起两句古诗:"古木无人径,深山何处钟。"作者是唐代大诗人王维。我把这两句诗写在小凡的画下面。圆圈里那个长胡子古人,是不是王维呢?

秋天

又是秋天了。窗外的梧桐树叶渐渐枯黄、飘落……

小凡又想画画了。我给他出了一个题目:秋天。

小凡望着窗外,待了半天,然后埋头画起来。我不去看他,免得破坏了他的情绪。等会儿看他的画时也可以有一点儿新鲜感,说不定他又会让我大吃一惊的。

过了大约五分钟,小凡大喊:"爸爸,画好了!"

走过去一看,我不禁一愣:一片大大的枯黄的梧桐叶充满了整张白纸。

"画一首诗",这样的标题是极吸引人的,诗本是抽象的文字,怎么把它画出来呢?小凡画的诗到底是怎样的呢?作者在写这部分内容时,既没有像"山和空中缆车"单单描述画面,因为解答不了画面为什么与诗相关的问题;也不能像"新式车"那样只写对话,因为满足不了读者的好奇心。所以作者索性带着好奇的读者看小凡边解说边画,通过文字看着小凡发明的字,听着他振振有词的解说,你是否也和作者一样,对小凡的想象力和童言稚语莞尔一笑呢?

秋天的命题很普通，小凡却画出了"一叶知秋"的意境。以小小的叶子表现明朗丰富的秋天，这样的逆向思维突显了小凡别致而富有创造力的想象。画画如此，写作也可以如此，以小见大往往可以让文章更新颖，让读者更亲近。

"就这么一片叶子？"我问。

"是呀，"小凡睁大眼睛看着我，"你不是说画秋天吗？秋天树叶黄了，从树上落下来了。难道不对？"

当然没错。古人说"一叶落而知天下秋"，小凡没听说过这样的古语，却无意中画出了古诗的意境。大自然永恒的规律，沟通了古人和今人的想象力。

机器蟋蟀

在小凡的目光中，机器人比活人更有意思。机器人是他笔下的宠物。有一次他画了一个机器人世界，除了一群形状千奇百怪的机器人外，连房子、树，还有天上的云和鸟，全都是用螺丝和轴承连接的机器。那景象使我吃惊。

一次，在他的画稿中见到一个长着六条细长腿脚的大怪物，这怪物身体和腿的接合部、腿脚的关节处，都有小小的轴承连接。我看不懂这是什么，便问小凡。他看了一眼那画，不假思索地回答："是一只机器蟋蟀。"

蟋蟀也有用机器做的？没听说过。小凡见我不以为然的样子，笑着重复道："是机器蟋蟀嘛，你仔细看看。"

横看竖看，果真是一只大蟋蟀，威风凛凛地站在那里。一对用螺丝连着的大牙张开着，仿佛正准备和敌手撕咬。

我问小凡："蟋蟀就是蟋蟀，为什么要把它变成机器呢？"

小凡想了想，答道："那太没劲儿了，不都一样了吗？我画的机器蟋蟀，别人抓不到！"

哦，是这样。小凡的这只蟋蟀，大概是天下最大的蟋蟀。

想画得和别人不一样，这是追求个性的表现，很好。

男孩子都爱画机器人，小凡却画出了个性张扬的机器蟋蟀。作者选取最能体现小凡想象力的画作，选取最适合画作的描写方式，或以对话，或以过程，或以画面为主，写出了作者对孩子想象力的赞美和惊叹。

名师赏析

　　文章以小标题的形式，选取了最能表现小凡想象力的画作，用了丰富多彩的写作手法，写出了这些画作天真的童心和创造力。每个小篇的写法各不相同，都选用了最合适的写作手法，突出了内容的特点，使文章读来不显单调。那么每个小篇有没有写法上的共同之处呢？相信你们也发现了，作者都采用构建悬念的方法，突显了小凡富有个性的想象力。

　　在你的生活中，在你的学习中，你或许也创作或者欣赏过作品吧？那可能是一幅幅有趣的画，一张张令人惊叹的书法作品，一曲曲让人沉醉的音乐——那些作品带给你怎样的感觉呢？你有什么样的感受呢？请你也采用小标题的方式写一写吧！你可以根据自己想表达的思想感情，恰当地选用合适的材料和写作方法，也可以用设置悬念的方式突出表现你对作品的感受。让艺术和想象力装饰我们的生活空间吧！

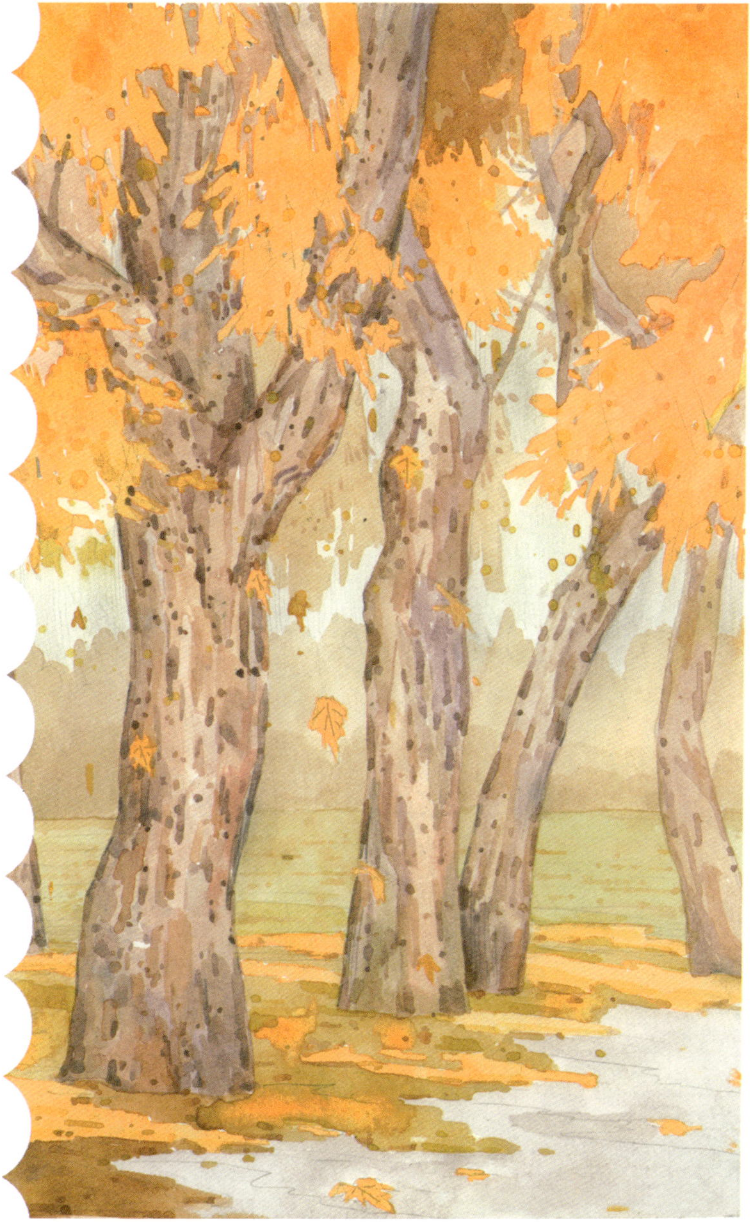

窗外的梧桐树叶渐渐枯黄、飘落……

阅读吧

拓展

戈壁魂

起风了。狂风从四面八方旋起来，在空旷的大戈壁上搅缠着、碰撞着、奔驰着，发出震天撼地的呼啸。狂风卷起遮天的黄尘，世界霎时间显得一片昏暗。

坐在西行的列车上，看着这突然发作的狂风，心里真有点儿发毛：刚才还是烈日晴空呢！在江南，即便是十二级台风，也没有这么厉害，车窗外这风，仿佛能摧毁一切。谁也无法想象这荒凉的戈壁滩有多大。

"好大的风！"乘客们惊叫着，急急忙忙地关车窗。

"这风算什么，小意思！"坐在我对面的一位维吾尔族老人，却满脸不在乎的神色，不慌不忙地卷他的莫合烟。

我忍不住问了一句:"这么厉害的风,还是小意思?"

老人点燃了莫合烟,吸了一口,然后一边捋着嘴上那两绺大胡子,一边吐着烟,只是看着我笑。过了一会儿,他突然伸出拳头,眉飞色舞地说:"瞧,这么大的石头,吹得飞起来,像小炮弹,啪地打穿两层玻璃,飞进车厢里来,打得你头破血流。玻璃不碎,就一个洞洞。这样的风,才叫大风呢!"他用莫合烟指了指黄尘弥漫的窗外,轻蔑地摇了摇头,"这风,小意思。这里是出名的风库嘛!"

老人讲得绘声绘色,邻座的几个乘客都听得一愣一愣的。他的话还没完:"还有更厉害的——停在站上的货车,有一次让风刮得出了轨,翻倒在铁道旁……"有几个乘客下意识地用手紧抓住椅背,仿佛列车马上就会被大风刮倒。

我看看窗外,依然是黄尘飞扬的无边无际的大戈壁。一个小站呼地闪过去,一位铁路工人,伫立在站台上向列车挥动着小旗,火车开得太快,看不清他的脸,好像是个年轻人。这小站我却看清楚了,几间矮小的房子,孤零零的,周围连棵小树也没有。

我突然为这些铁路工人担忧起来——在这种荒无人迹的小站上,在这样铺天盖地的狂风里,他们是如何生活,如何工作呢?

火车停在吐鲁番,正巧,上来一位穿铁路制服的年轻人,就坐在我边上。我和他攀谈起来。小伙子在吐鲁番以东的一个小站上工作,实际年龄才二十出头。他挺能说,谈起自己的工作,竟然兴致勃勃。你听听:

"寂寞?枯燥?当然啦,大概没有比我们更枯燥寂寞的了,守着一个小站,出门就是大戈壁,只有火辣辣的太阳和凶狠的大风陪着我们。不过嘛,说不寂寞也不寂寞,你想想,每天来来往往要经过多少列车?车上的人对你挥挥手,笑一笑,打一声招呼,那种快乐呀,你们恐怕尝不到。有时真想让列车在站上多停一会儿,看看车窗里那许多陌生的面孔,也让人觉得舒服。可是不行,总是那么几分钟,这时候心里就想:不要紧,还有下一班车。假如列车真的停在站上走不了,那就糟啦。我们的工作出毛病啦,非被车上的人们骂不可。我在这个小站干了两年了,还从来没有出过毛病呢!"

小伙子笑嘻嘻地说着，漫不经心的口气里，流溢出强烈的自豪感："不容易？当然不容易！干我们这一行，不是硬汉子不行。这无边无际的大戈壁滩，说风就风，说晴就晴。夏天在大太阳底下，能遮遮阴的，只有一根电线杆，人，只能跟着电线杆的影子转。一班值下来，能熬出一身油来！大风天就有意思啦，石头被吹得满天飞，人站在地上，就像只风筝一样要飘起来。不过不要紧，有办法，用皮带把自己绑在电线杆上……

"给你说个故事吧：一男一女——一对小夫妻，同在一个戈壁小站工作，还有了一个娃娃。可他们挺安心，为什么？热爱自己的工作嘛！一年冬天，冷到零下三四十度。那天早晨正好轮到那男的值班，一列客车来了，得扳道岔，可是怎么也扳不动，一看，不好，道岔给冻住啦！客车的呜呜声已经随风飘来，没有多少时间了，道岔不扳过去，客车就会撞到停着的一列货车上，那就要出大娄子！那男的急了，一边拼命扳，一边大声喊。女的出来了，手里还抱着娃娃，一看情况紧急，把孩子往皮袄里一裹，放在站台上就奔了过去。小夫妻俩拼死拼活，总算把道岔扳了过去。可是回头一看,娃娃不见啦!"

"娃娃哪里去了?"一位乘客着急地问。

小伙子依然微笑着,不慌不忙地回答:"孩子当然没有丢,被大风吹得移动了五六米。还好,皮袄裹着,时间也不长,他们抱起孩子,小家伙还在哇哇哭呢。"

小伙子大概说得有点儿累了,从背包里掏出一本翻旧了的《收获》,埋头看起来,再也不做声。

乘客们也都沉默了。对面那维吾尔族老人抽着莫合烟,呆呆地望着车窗外,仿佛要在漫天风沙中寻找一些什么。

我的心里怎么也平静不下来。小伙子讲的那些话,在脑海里翻腾着,回荡着,化成了一幅又一幅惊心动魄的画:烈日下冒烟的大戈壁,风暴中的呐喊、汽笛、婴儿的啼哭,绿灯在黑夜中沉着地一闪一闪……类似的生活,我也亲眼目睹过。就在几天前,我坐汽车经过戈壁滩,烈日高悬,汽车就像行驶在一个高温炉膛之中,酷热难忍。没想到,在戈壁深处,竟有一支筑路队顶着烈日在那里抢修一段损坏的公路。筑路队中有汉族工人,也有维吾尔族工人，还有几位年轻的姑娘。他们喘着气，流着汗，不停地抡动铁锹往路面上撒碎石子，喷冒着青烟的沥青，那样子像是在打仗。我坐在车上看着也替他们看出一身汗来。虽说只是一晃而过，那情景，我却永远也忘不了。

风，平息了。窗外又是一片晴空。铁路两旁出现了一些绿色：骆驼刺、红柳、白杨，并不时有各式各样的房屋闪过，维吾尔族的孩子在路边向火车挥手……

终于驶出大戈壁了！

坐在我边上的那位年轻的铁路工人，依然专心地读着手中的《收获》。在他工作的那个小站上，他大概也靠着阅读书刊度过了许多漫长而又寂寞的时光……一种无法形容的敬意，在我的心中升起来：正是这些默默无闻地在大戈壁深处辛勤工作的人们，使荒无人烟的戈壁滩有了生气，有了通向绿洲的坦途。他们是值得尊敬的！

我的脑海里，赫然涌出一个诗的题目来：戈壁魂！

三峡船夫曲

　　谁也无法用一句话概括三峡水流的特点。浩浩荡荡的长江挤进窄窄的夔门之后，脾气便变得暴躁、凶恶、喜怒无常、不可捉摸了。你看那浑浊湍急的流水，时而惊涛迭起，时而浪花飞卷，时而一泻千里如狂奔的野马群，时而又在峡壁和礁石间急速地迂回，发出声震峡谷的呐喊。有时候，水面突然消失了波浪，像绷得紧紧的鼓皮，然而这绝不是平静的象征，在这层鼓皮之下，潜伏着危险的暗礁和急流。而最多、最可怕的，是漩涡，像无数大大小小的眼睛，在起伏的江面滴溜溜地打转，到处都闪烁着它们那险恶的不怀好意的目光……

　　你想想那些三峡船夫吧，驾着一叶扁舟，靠手中的竹篙、木桨，要征服狂暴不羁的江水，那该是何等惊心动魄的景象。其惊险的程度，绝不亚于在黄河上驾羊皮筏子，不亚于在大渡河的急流中放木排。

第一次见到三峡中的船夫是在水流湍急的西陵峡。那是一条摆渡船，尽管距离很远，看不真切，但那拼命搏斗的紧张气氛，还是强烈地震撼了我的心。小船横在江中，看上去那么小，小得就像一片枯叶、一根稻草，似乎每一个浪头都能吞没它。船上一前一后两个船工，每人操一支桨，一个在右，一个在左，拼命地划着。只见他们身体前倾，像两把坚韧的强弓，两支桨齐刷刷地落下去，飞起来，落下去，飞起来，仿佛一对有力的翅膀，不断地拍打着波涛滚滚的江面。在气势磅礴的峡江中，他们的翅膀太微不足道了，随时都有折断的可能，他们能飞过去吗？然而我的担心多余了，没等我们的轮船靠近，小木船已经到了对岸……

在巫峡，我遇到一只顺流而下的小划子，那情景更是惊心动魄。小划子远远出现了，像一只小小的黑甲虫，急匆匆地、慌里慌张地贴着江面爬过来——说它急匆匆，是因为它速度极快；说它慌里慌张，是因为它走得毫无规律，一忽儿左，一忽儿右，常常莫名其妙地拐弯绕圈子。很快我就看清楚了，小划子上头，稳稳地站着一位手持长篙的船夫，船中端坐着六位乘客，船尾还有一位船夫，一手扶一把既像橹又像舵的尾桨，一手掌一支木桨。小划子在急流和波谷浪山中灵巧地滑行，时而从浪的缝隙中穿过，时而又攀上高高的潮头。真是冒险啊，这单薄的、可怜的小划子，在急流中箭一般冲下来，根本无法停住，随时都可能撞碎在峡壁礁滩上，随时都可能卷入连接不断的漩涡中，随时都可能被大山一般的浪峰一口吞没，被巨剑一般的急流拦腰砍断……船夫却镇静得如履平地。那位在船头手持长篙的船夫纹丝不动地站着，像跃马横枪，率领着万千兵马冲锋陷阵的大将军，又像剽悍勇猛的牧人，扬鞭策马，驱赶着一大群狂奔狂啸的黄色野马。野马群发狂般地撞他、挤他、踢他、咬他，想把他从坐骑上拉下来，然而终究无法得逞。有时候，飞速前进的小划子眼看要撞到凸出的峡岩上，只见他挥舞竹篙奋力一点，小划子便轻轻一转，转危为安。船尾那位船夫要忙一些，他不时划动双桨，巧妙地改换着前进的方向，在变化无穷的急流中觅得一条安全的航线。而那六位舱中的乘客，一个个正襟危坐，一动不敢动。我看不清他们的表情，但我能想见他们脸上惊慌的神色。在航行中，他们是不许有任何动作的，任何微小的颠动，都可能使小划子因为失去平衡而翻覆。如果遇到不安分的乘客在舱里乱动，船夫的竹篙会狠狠地当头打来，打得头破血流也是活该。倘若你不服，继续捣乱，船夫就要大喝一声，毫不留情地用竹篙把你戳下水去，这是捏着性命在凶恶的急流中搏斗啊！

　　小划子在轰隆隆的水声中一晃而过，很快就消失在峡谷的拐弯处。我凝视着起伏不平的江面，一遍又一遍回想着船夫在万般艰险中镇定自若的姿态，心里怎么也平静不下来。无数漩涡，在小划子经过的航道上打着转转，这些永远不会安然闭上的不怀好意的眼睛，似乎正在狡猾地眨动着，还在用谁也无法听懂的语言描绘着水底下的秘密。哦，只有三峡船夫懂得这些语言！我知道，在三峡中行船，除了勇敢，除了沉着，最关键的，还是对航道和水流的熟悉。据说，在三峡驾驭小划子的船夫，对水底的每一块礁石、每一片浅滩，都是了如指掌。为了摸清水底的状况，为了在极其复杂的急流中寻到一条能让小木船通过的安全之路，一定有不计其数的船夫付出了生命的代价！

西陵峡有一块巨大的礁石，兀立在滚滚急流中，奔泻的潮水整天凶狠地拍打着它，飞溅起漫天雪浪，小船如果撞上去，非粉身碎骨不可。这礁石有一个奇怪的名字："对我来"。当浪花散开，人们就会看到"对我来"三个大字，惊心触目地刻在这块礁石上。这礁石周围的水流险恶而奇特，小船从它身旁经过时，倘若想绕开它，结果总会适得其反，船儿会不可阻挡地向礁石一头撞去，撞得船碎人亡。如果顺急流迎面向礁石冲去，不要躲避它，不要害怕它，船到礁石前，就能顺利地拐个弯从旁边擦去。不过，这千钧一发的险象，懦夫是绝对不敢经历的，只有三峡船夫们，才敢驾着轻舟勇敢地向扑面而来的浪中礁石冲去。"对我来"这三个字，一定是无数船夫用生命换来的经验。也许，可以这样说，小木船在三峡急流中那些曲折而又惊险的航道，是船夫们用智慧，用勇气，用尸骨一米米开拓出来的！

对三峡船夫来说，最为可怕的，大概莫过于暴风雨和洪峰了。突然袭来的暴风雨，能把江面搅得天翻地覆，在被暴风雨鞭打着的惊涛骇浪之中，小舟子是很难掌握自己的命运的，如果来不及靠岸躲避，便有可能在暴风雨中葬身江底。假如遇上洪峰，那几乎是无法逃脱的，几丈高的洪峰，像一堵巍巍高墙从上游呼啸着压下来，没有任何东西能够抗拒它、阻挡它，它对于船夫们是冷酷无情的死神。然而，奇迹并不是没有发生过，曾经有一些技术高超、勇气过人的船夫，在洪峰扑近的刹那间，驾着小舟瞅准浪的缝隙飞上高高的洪峰之巅，硬是从死神的头顶越了过去……当然，这些都是旧话了，随着科学技术的发展，天气预报和水情预报越来越准确，三峡船夫们再不用去冒这种风险了。

  船接近神女峰时，所有人都仰头看那位在云里雾里默默地站了千年万年的神女，然而山顶上云飞雾绕，什么也看不清。正在遗憾的时候，突然有人对着前方的江面大叫起来。

  "看！小船！女的！"

  神女峰下，一只两头尖尖的小划子正在急流中过江，划船的是一位身穿粉红色衬衫的少女。只见她右手划桨，左手掌舵，不慌不忙地向对岸划着，那悠然而又优美的姿态，使所有目击者都惊呆了——这也是三峡船夫吗？这也是在险恶的峡江中拼命搏斗的勇士吗？然而怀疑是可笑的，小划子在神女峰对面的一片石滩上靠岸了，划船的少女站在一块白色的石岩上，有力地向我们的轮船挥了挥手……

挥一挥手，挥一挥手，向勇敢的三峡船夫挥一挥手吧，但愿他们能在我的挥手之中感受到我的钦佩和敬意。是的，我从心底里深深地向三峡的船夫们致敬。他们，不仅征服了狂放不羁的长江三峡，而且把人类和大自然那种惊心动魄的搏斗，化成了优美的诗篇。他们是真正的诗人。

顶碗少年

有些偶然遇到的小事情,竟会难以忘怀,并且时时萦绕于心。因为,你也许能从中不断地得到启示,从中悟出一些人生的哲理。

这是二十多年前的事情了。有一次,我在上海大世界的露天剧场里看杂技表演,节目很精彩,场内座无虚席。坐在前几排的,全是来自异国的旅游者,优美的东方杂技,使他们入迷了。他们和中国观众一起,为每一个节目喝彩鼓掌。一位英俊的少年出场了。在轻松优雅的乐曲声里,只见他头上顶着高高的一摞金边红花白瓷碗,柔软而又自然地舒展着肢体,做出各种各样令人惊羡的动作,忽而卧倒,忽而跃起……碗,在他的头顶摇摇晃晃,却总是不掉下来。最后,是一组难度较大的动作——他骑在另一位演员身上,两个人一会儿站起,一会儿

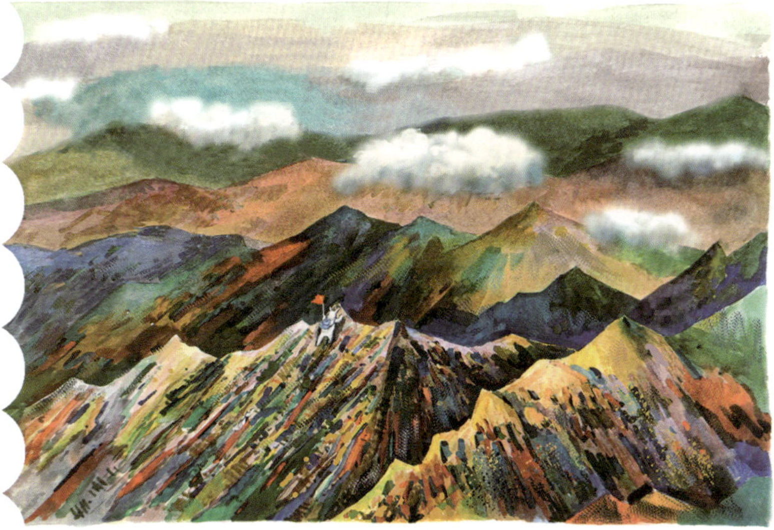

是的,人生是一场搏斗。敢于拼搏的人,才可能是命运的主人。

躺下，一会儿用各种姿态转动着身躯。站在别人晃动着的身体上，很难再保持平衡，他头顶上的碗，摇晃得厉害起来。在一个大幅度转身的刹那间，那一大摞碗突然从他头上掉了下来！这意想不到的失误，使所有观众都惊呆了。有些青年大声吹起了口哨……

台上，却并没有慌乱。顶碗的少年歉疚地微笑着，不失风度地向观众鞠了一躬。一位姑娘走出来，扫起了地上的碎瓷片，然后又捧出一大摞碗，还是金边红花白瓷碗，十二只，一只不少。于是，音乐又响起来，碗又高高地顶到了少年头上，一切都要重新开始。少年很沉着，不慌不忙地重复着刚才的动作，依然是那么轻松优美，紧张不安的观众终于又陶醉在他的表演之中。到最后关头了，又是两个人叠在一起，又是一个接一个艰难的转身，碗，又在他头顶厉害地摇晃起来。观众们屏住气，目不转睛地盯着他头上的碗……眼看身体已经转过来了，几个性急的外国观众忍不住拍响了巴掌。那一摞碗却仿佛故意捣蛋，突然跳起摇摆舞来。少年急忙摆动脑袋保持平衡，可是来不及了，碗，又掉了下来……

场子里一片喧哗。台上，顶碗少年呆呆地站着，脸上全是汗珠，他有些不知所措了。还是那一位姑娘，走出来扫去了地上的碎瓷片。观众中有人在大声地喊："行了，不要再来了，演下一个节目吧！"好多人附和着喊起来。一位矮小结实的白发老者从后台走到灯光下，他的手里，依然是一摞金边红花白瓷碗！他走到少年面前，脸上微笑着，并无责怪的神色。他把手中的碗交给少年，然后抚摸着少年的肩胛，轻轻摇了一下，嘴里低声说了一句什么。少年镇静下来，手捧着新碗，又深深地向观众们鞠了一躬。

音乐第三次奏响了！场子里静得没有一丝儿声息。有一些女观众，索性用手捂住了眼睛……

这真是一场惊心动魄的拼搏！当那摞碗又剧烈地晃动起来时，少年轻轻抖了一下脑袋，终于把碗稳住了。掌声，不约而同地从每个座位上爆发出来，汇成了一片暴风雨般的响声。

在以后的岁月里，不知怎的，我常常会想起这位顶碗少年，想起他那一夜的演出，而且每每想起，总会有一阵微微的激动。这位顶碗少年，当时年龄和我相仿。我想，他现在一定是一位成熟的杂技艺术家了。我相信，他是不会在艰难曲折的人生和艺术之路上退却或者颓丧的。他是一个强者。当我迷惘、消沉，觉得前途渺茫的时候，那一摞金边红花白瓷碗坠地时的碎裂声，便会突然在我耳畔响起。

是的，人生是一场搏斗。敢于拼搏的人，才可能是命运的主人。在山重水复的绝境里，再搏一下，也许就能看到柳暗花明；在冰天雪地的严寒中，再搏一下，一定会迎来温暖的春风——这就是那位顶碗少年给我的启迪。

峡中渔人

他们站在万仞绝壁下，面对着急流滚滚的江水。凶猛的潮头打在他们脚下的礁石上，溅起几丈高的雪花；险恶的漩涡在离他们几尺远的地方打转儿……他们手中是渔网：一根长长的竹竿上，安着一个一尺多围圆的网，比孩子们捕捉蝴蝶的网稍大一些。他们不停地抡动渔网，迎着呼啸而来的江水……

在长江三峡中第一次见到他们，我就深深地感到惊奇：他们在干什么？捕鱼！有这样捕鱼的吗？

船在巫峡中靠岸小泊时，我曾在很近的地方观察过一位这样的渔人。虽然相距咫尺，我却无法走到他身边去，我们之间隔着一道湍急的水流。他那里几乎无立锥之地，只有几块笋尖似的露出水面的岩石可供他立脚。身后是向外倾斜的峭壁，连坐下来歇一下的条件都没有，假如不小心失足，就会被无情的急流卷走。为了保险,他用麻绳的一头绕在背后的岩石上,一头缚在自己的胸前。在险恶的环境和轰然作响的水声中,他全神贯注地劳作着。

我在他背后默默地观察他。他一网一网费劲地在急流中舀着,手臂和背部的每一块肌腱都在紧张地颤动。一网、两网……我为他数着,整整八十网,没有任何收获,连一尾小鱼一只虾米也没有!直到我离开,他依然一无所获。

我纳闷了:这样的冒险,这样的徒劳值得吗?我钦佩他们的勇气和毅力,但我无法理解他们。

同船的一位诗人,是有名的"三峡通",对这数百里峡江的山水人物了如指掌。他告诉我:

"别看他们不断落空,假如碰上鱼的话,可不是一条两条,而是成百上千斤呢!这鱼有意思了,逆流而上,水越急,它们游得越起劲,鱼群常常一排就是十里八里。这时,舀一网就是十几斤,一连舀上几个小时,网网不会落空,直舀到打鱼人筋疲力尽,瘫倒在江边!"

"这是什么鱼呢?"

"什么鱼,那就说不清楚了。也许,什么鱼都有吧，所有的鱼都喜欢逆水游泳哩！照渔人的说法，是三峡里风景好，下游的鱼儿都想上来看看！"

他讲得像神话一般，可我都相信了。我想，如果没有这种诱惑，三峡中怎么会有这些奇特的渔人呢！

这是一种诱惑吗？诱惑，这个带些贬义的词儿也许用得不妥帖。但这些逆流而上的鱼群，对临江而渔的人们确实是一种不可抗拒的吸引力，是他们寻求的目标。这目标，隐藏在终日奔腾不息的滚滚急流中，无法预料它何时临近、何时出现。为了追求这目标，必须有惊人的毅力，有锲而不舍的恒心。早就听说生活在三峡中的人都有坚忍顽强的性格，从这些渔人身上，便可见其一斑了。

真的，在奇峰夹岸的峡江中走了几百里，见到了不少的渔人，其中有白发老者，也有童子少年。我没有见到哪一位渔人捕到一条鱼，可我也从未见到他们有谁露出沮丧抱怨的表情。他们只是迎着汹涌咆哮的急流，沉着地，耐心地，一网一网地舀，一网一网地舀……

亮色

　　这是一辆极其破旧的轮椅。因为锈迹斑驳，我已经无法辨认它当初是何种颜色，两个轮子的扭曲很明显，转动时车身一颠一颠，像一个醉汉。从嘈杂喧闹的农贸市场经过时，它吱吱呀呀的声音仍能被人听见。

　　如果说，轮椅的破旧只是使我产生一种好奇，那么，当我的目光在坐轮椅者的身上停留时，我起先是惊讶，随即便被深深地吸引了。坐在轮椅上的是一位清瘦的老人，年纪约莫在六十岁上下。从他那身褪了色、打着补丁的蓝衣衫裤上不难看出，他过的是一种贫寒的生活。使我惊奇并使我感慨不已的，是挂在轮椅上的那只小竹篮。

　　小竹篮里装着他刚刚选购来的两样东西：一捆空心菜、两枝菖兰。那捆空心菜叶大秆粗，色彩也不鲜嫩，显然他是挑了最便宜的。两枝菖兰一红一白，花枝上结满了将开未开的蓓蕾，但显得瘦弱纤细。毫无疑问，在个体户的鲜花摊上，这也是价钱最低的品种。菖兰和空心菜放在一起，素雅而高洁，就像是在一幅调子灰暗的油画中极醒目地加入明朗鲜亮的一笔，就因为这一笔，整幅油画都变得明亮起来。

老人神态安详地摇着他的轮椅缓缓离去。而那只装着空心菜和菖兰的小竹篮，却久久地在我的眼前晃动着，使我的心情无法平静。一个离不开轮椅的残疾老人，每天的菜肴只是一捆空心菜，竟然还想到省出钱来买花，这是何等凄凉又何等动人的一种景象。

我也算是花店和花摊的常客，我观察过形形色色的买花者，其中大多是打扮时髦的青年男女，也有衣着简朴却不失风度的中年和老年人，还有兴致勃勃的外国人。买花，似乎是生活富足、情趣高雅的一种象征，而且两者紧连在一起。像这样坐着破轮椅，穿着旧衣衫的买花者，我还是第一次见到。

我无法揣测老人的身世和家境，但我可以断定，他热爱生活、热爱生命。那两枝瘦弱却美妙的菖兰便是明证。

可敬的老人！但愿他的生活中鲜花常开，也愿他的菜篮子里装的不再仅仅是空心菜。

永远的守灯人

天黑以后,长堤上那盏灯就一闪一闪地亮起来。无论是晴天、阴天还是雨天,它总是像一颗金黄色的星星,沉着、执拗地闪烁在深不见底的天幕上,仿佛在一遍又一遍讲着一个古老神秘的故事……

在白天,谁也不会注意它。它只是稍稍高出护堤林带的一个简陋的小木架,有时候我还觉得它破坏了这一带的自然景色呢。

到长堤上去,绝不是为了看灯塔,而是为了看大江,为了排遣我心中的沉闷。在田野里劳累了一天,也不洗一洗身上和脸上的泥汗,我竟会情不自禁地向长堤走去。

穿过一片由榆树、杨树和刺槐树组成的密密的林带,登上那古城墙一般巍峨的堤岸,广阔的长江入海口就在我眼前浩浩荡荡地铺展开了。看着水和天无穷无尽、自由自在地在辽阔的世界中融为一体，看着渔帆和鸥鸟在水天之间悠然飘行，听着浪拍长堤的有节奏的轰响，心中那些忧郁的影子和狭隘的思绪，就会像轻烟一样消散在清新的空气中。如果没有人伴随你，也没有人从堤上走过，你将陶醉在一种极其旷达幽远的宁静中，你会忘记一切，仿佛全身心都融化在大自然里……

然而当我从沉思中醒来，发现夜幕已经在不知不觉中悄悄逼近时，一阵不可名状的空虚感便会把我包围起来。于是我又感到了孤独和寂寞，情绪常常一落千丈。这时，简直不能在堤岸上多待一分钟。是的，没有比孤独和寂寞更难以忍受的了。如果让我永远待在这空无一人的江海边，那也是一件可怕的事情。

可我还是忍不住要到堤岸上去。一天傍晚，我坐在堤坡上，面对着被夕阳燃成一片金红色的江水出神，大自然瑰丽变幻的景象使我深深地迷醉了。突然，背后响起一个苍老的声音：

"哎，小伙子，在看什么？"

回过头来，我不由得一惊，堤岸上，大约离我十来米远的地方，站着一个模样丑陋的老人——罗圈腿，驼背，满脸刀痕一般杂乱无章的皱纹中嵌着一对泪汪汪的小眼睛。这幽灵似的老头，不知是从哪里钻出来的！

见我回头，他挤出一个笑脸。连笑容也是丑陋的，使人想起童话中那些心怀鬼胎的奸诈的老巫婆。

"天马上黑了，回去吧。"

他向我扬了扬手，又喊了一声，语气非常温和，像是长辈在劝说孩子。

我坐在这里，碍你什么事了？我觉得他扰乱了我的宁静，心里有些恼火，于是便回过头来，装作没有听见。

他再也没有吱声。但我知道他仍然在注视我，我似乎能感觉到背上定定地有两道柔和的光。

太阳落到大江里去了，天一下子暗下来，深邃的紫蓝色从天上一下子压到了水平线上，水天交界处依然亮得耀眼，宽阔的水面闪动着一片暗红色的微波。不过这是一种垂危的光芒，就像生命临终前的回光返照，使我伤感。

我坐不下去了，站起身往回走。那老头竟还在我身后。他蹲在堤岸上，看着我微笑。这一带乡间，很少有像我这样没事坐在江边看风景的人，尤其是老人。这丑老头也有点怪了。

"我就住在这里。"他仿佛窥见了我的心思，站起来招呼我，"看见那灯了吧？我就守着它。"他指了指在不远处的那个简陋的木架子灯塔，灯塔下有一间黑褐色的小木屋。

我默默地对他点了点头，默默地走下了堤岸。他凝视着我，那对嵌在皱纹里的泪汪汪的小眼睛中，流出了疑惑，也流出了同情，似乎还有几丝焦虑。真是个怪老头。

我没有和他打招呼，走得很远了，才回过头来——夜幕已经笼罩了世界，堤岸上已经什么也看不见了，引人注目的只有那盏灯，一闪一闪地亮起来……

以后，每次到江边，总是能见到他，他似乎在暗中监视我，尽管不走上来问什么，却老是在离我不远的地方转来转去。这使我恼火，看风景的兴致全被他破坏了。他想干什么呢？我终于忍不住了，一天，当他在我身后站着的时候，我突然转过身走到他面前大声问道：

"请问，你老盯着我干啥？"

他先是一愣，马上就露出一嘴稀疏的牙齿不自然地笑起来："哦，没有呀，没有盯你呀。我每天都在这里。"他指了指灯塔下的小木屋，仰起脸很诚恳地说，"小伙子，到我屋里去坐一会儿吧。"

这一来，弄得我十分尴尬，还是离开这里吧。我摇了摇头，向堤下走去。我没有回头看他。

我一连好多天没有上堤岸看江。不知怎么搞的，这位奇怪的守灯人，老是在我的脑子里转。晚上，看着那灯塔一闪一闪的亮光，我就想起了他那流淌着神秘色彩的目光。

再一次登上长堤时，我没有看见他。这是一个宁静而又优美的黄昏，我又像以前一样，沉浸在落霞和晚潮交织成的奇妙风景中……他似乎失踪了，以后几次，我也没有看见他。然而灯塔下那间小木屋的门虚掩着，看样子屋主人不会走得很远。我几乎把他忘了，只有在天黑以后，当我从远处看到那一闪一闪的灯塔时，才会想起他来。

我准备回城探亲去。临走前一天，我又登上了堤岸。那是一个阴沉沉的黄昏，灰蒙蒙的浓云压在水面上，一群鸥鸟贴着水面低低地盘旋着，不时发出急促不安的鸣叫，气氛沉闷得令人窒息。我正想回去，突然刮起了大风，风从辽阔的水面上席卷过来，发出撼人心魄的呼啸，微波起伏的水面一下子躁动翻腾起来。骤然而起的惊涛骇浪，如同一大群棕黄色的野马，铺天盖地，争先恐后，蹦跳着、推挤着、蹿跳着，发疯似的向堤岸狂奔过来。它们撞在堤岸上，撞得粉身碎骨，撞出炸雷一般的轰响，水花一溅数丈，一直冲上了高高的堤岸……

这惊心动魄的大自然奇观把我看呆了。在这激动、狂放、雄浑、野性的大自然面前，人显得多么渺小，多么微不足道。天上有急雨落下来，但我却不想回去，我真想让这汹涌的浪潮冲一冲郁积在心中的忧郁和惆怅。情不自禁地，我慢慢向堤坡下走去……大约在我跨出第四步的时候，背后突然有一双手伸出来，紧紧地抓住我的手，使劲地往堤岸上拽。回头一看，又是他，那位守灯的老人！只见他浑身淋得透湿，神情紧张地盯着我，两只手像两把有力的铁钳，把我的手握得生疼。

"小伙子，年纪轻轻，要想开一些！上来吧，回家去吧！你家里的人在等着你呢！"他一口气吐出一连串话来，口气焦急而又诚恳。

他以为我想自杀呢！我一下子恍然大悟了：他仍然一直在暗中盯着我，他怕我投水！看着他鼻眼挤成一堆的紧张焦虑的表情，我忍不住笑起来："哎呀，你想到哪里去了！我只是喜欢一个人安静，喜欢看江水。"

"哦——"他松开了我的手，紧张的表情松弛了，雨水慢慢地顺着他脸上的皱纹往下滚动着，"这就好，这就好。"他点了点头，转过身慢慢向远处的灯塔走去。在灰暗的暮色和呼啸的风雨中，他那佝偻的背影显得异常怪诞……

我呆呆地站着，目送着他的背影，说不上是怎样一种心情，烦恼、好笑、激动、伤感……都不是。不过，有一点是无疑的，我很感动，也有点内疚。他的背影在风雨中消失后，我突然产生了一种强烈的欲望：要找人去讲讲话，听他们讲，也向他们讲讲我自己……

那天晚上，不知为什么，我特地走到村口的石

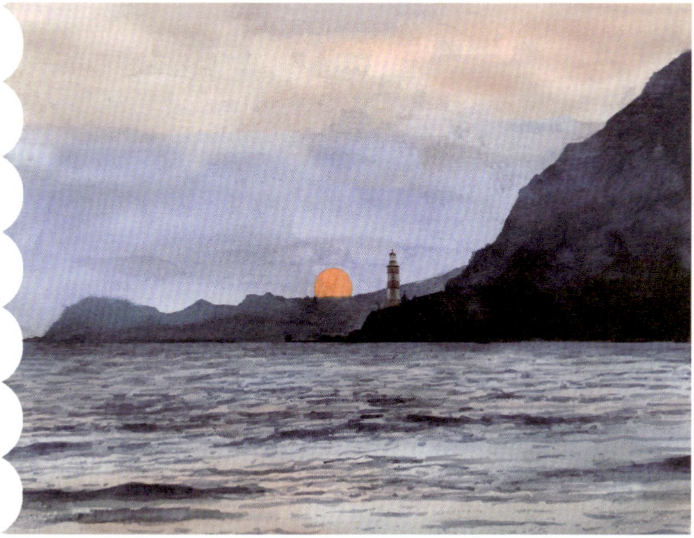

你死了,
你的灯亮着,
在茫茫夜海上,
我永远看得见你温暖的光芒。

拱桥顶上向远处眺望。在密密的雨帘中，堤岸上那盏灯的光芒显得微弱了，并且时隐时现，像一只在幽暗中不安地眨动着的眼睛。那微弱闪烁的光芒，从来也没有这样使我感到亲切……我想，等我从城里回来，我一定要叩响那间小木屋的门，去看看那位奇怪的守灯老人，把我的烦恼告诉他，他一定会理解我的。

一个月后的一天，我又登上堤岸。这次，我并没有坐下来看大江，而是径直向灯塔走去。

小木屋空无一人。一把已经开始生锈的大铁锁，把两扇薄薄的木板门锁得严严实实，两扇小窗也用木条钉了起来，一只灰色的大蜘蛛不慌不忙地在窗框上吐丝织网……这不像有人住着的屋子，他去哪里了呢？

我正站着纳闷，一个穿黑色布袄的中年农民从堤岸下走上来，他用一种好奇的、带着怜悯色彩的目光观察了我一会儿，问道："怎么，你要找看灯驼子？"（哦，他们叫他看灯驼子！）

"是的，我想找他。"

"你还不知道？他死了，死了快一个月了！"

我只觉得脑子里嗡的一声,听觉也变得模糊起来——这怎么能让人相信呢?一个月前,他还曾用一双铁钳般的手拉着我往堤岸上拽,我至今还能感觉到他手中那令人生疼的力量。他怎么会死呢?

见我发蒙的样子,那中年农民叹了口气,又摇了摇头:"唉,也真可怜,晚上灯还亮着,第二天不见他人影,进屋一看,人躺在床上,死了。他身边什么人也没有,光杆一条,只能把他埋在堤岸下了。"

堤岸下的树林边上,多出了一个小小的土堆,土堆上已经星星点点地长出了青草。

我说不出一句话,只是默默地站着,听任又热又酸的泪水在眼眶里打转。这个孤独的守灯老人,当死神在他的门口徘徊时,他竟还想着,把一个素不相识的年轻人从死神身边拉回来……

没有鲜花可以献给他,在这萧瑟的旷野里,只有青青的小草。我折下几段榆树枝,扎成一个绿色的花环,恭恭敬敬地放到了他的坟头。暮色降临了,在堤岸的那一边,苍茫的水面上,又在重演着一场悲壮而又迷人的日落……哦,愿这落日成为我的花环，天天奉献于他的坟头。

天黑以后，长堤上那盏灯一如既往，又一闪一闪地亮起来。我不想去探究此时是谁把这灯点亮的，我心里的守灯人只有他。凝视着那遥远而又亲切的灯光，我的心里涌出几行诗句来：

你死了，
你的灯亮着，
在茫茫夜海上，
我永远看得见你温暖的光芒。

挥手

——怀念我的父亲

深夜,似睡似醒,耳畔嘚嘚有声,仿佛是一支手杖点地,由远而近……父亲,是你来了吗?骤然醒来,万籁俱寂,什么声音也听不见。打开台灯,父亲在温暖的灯光中向我微笑。那是一张照片,是去年我陪他去杭州时为他拍的,他站在西湖边上,花影和湖光衬托着他平和的微笑。照片上的父亲,怎么也看不出是一个八十多岁的人。没有想到,这竟是我为他拍的最后一张照片!6月15日,父亲突然去世。那天母亲来电话,说父亲气急,情况不好,让我快去。这时,正有一个不速之客坐在我的书房里,是一个从西安来约稿的编辑。我赶紧请他走,但还是耽误了五六分钟。送走那位编辑后,我便拼命骑车去父亲家,平时需要骑半个小时的路程,只用了十几分钟,也不知这十几里路是怎么骑的。然而我还是晚到了一步,父亲在我回家前的十分钟停止了呼吸。一口痰,堵住了他的气管,他只是轻轻地说了声"我透不过气来……"便昏迷过去,再也没有醒来。救护车在我之前赶到,医生对垂危的父亲进行了抢救,终于还是无功而返。我赶到父亲身边时,他平静地躺着,没有痛苦的表情,脸上似乎还略带着微笑,就像睡着了一样。他再也不会笑着向我伸出手来,再也不会向我倾诉他的病痛,再也不会关切地询问我的生活和创作,再也不会拄着拐杖跑到书店和邮局,去买我的书和发表有我文章的报纸和刊物,再也不会在电话中,笑声朗朗地和孙子聊天……哦,父亲!

因为父亲走得突然,子女们都没能送他。父亲停止呼吸后,我是第一个赶回到他身边的。我把父亲的遗体抱回到他的床上,为他擦洗了身体,刮了胡子,换上了干净的衣裤。这样的事情,父亲生前我很少为他做,他生病时,都是母亲一个人照顾他。小时候,父亲常常带我到浴室里洗澡,他在热气蒸腾的浴池里为我洗脸擦背的情景我至今仍然记得,想不到，我有机会为父亲做这些事情时，他已经去了另外一个世界。父亲，你能感觉到我的拥抱和抚摸吗？

父亲是一个善良温和的人，在我的记忆中，他的脸上总是挂着宽厚的微笑。从小到大，他从来没有骂过我一句，更没有打过一下，对其他孩子也是这样，也从来没有见到他和什么人吵过架。父亲生于1912年，是清朝覆灭的那一年。祖父为他取名鸿才，希望他能够改变家庭的窘境，光耀祖宗。他的一生中，有过成功，更多的是失败。年轻的时候，他曾经是家乡的传奇人物：一个贫穷的佃户的儿子，靠着自己的奋斗，竟然开起了好几家兴旺的商店，买了几十间房子，成了很多人羡慕的成功者。家乡的老人，至今说起父亲依旧肃然起敬。年轻时他也曾冒过一点风险，抗日战争初期，在日本人的刺刀和枪口的封锁下，他摇着小船从外地把老百姓需要的货物运回家乡，既为父老乡亲做了好事，也因此发了一点小财。抗战结束后，为了使他店铺里的职员们能逃避国民党军队"抓壮丁"，父亲放弃了家乡的店铺，力不从心地到上海开了一家小小的纺织厂。他本想学那些叱咤风云的民族资本家，也来个"实业救国"，想不到这就是他在事业上衰败的开始。

在汪洋一般的大上海，父亲的小厂是微乎其微的小虾米，再加上他没有多少搞实业和管理工厂的经验，这小虾米顺理成章地就成了大鱼和螃蟹们的美餐。他的工厂从一开始就亏损，到新中国成立的时候，这工厂其实已经倒闭，但父亲要面子，不愿意承认失败的现实，靠借债勉强维持着企业。到公私合营的时候，他那点资产正好够得上当一个资本家。为了维持企业，他带头削减自己的工资，减到比一般的工人还低。他还把自己到上海后造的一幢楼房捐献给了公私合营后的工厂，致使我们全家失去了容身之处，不得不借宿在亲戚家里，过了好久才租到几间石库门里弄的房间。于是，在以后的几十年里，他一直是一个名不副实的资本家，而这一顶帽子，也使我们全家消受了很长一段时间。

在我的童年时代，家里一直过着清贫节俭的生活。记得我小时候，身上穿的总是用哥哥姐姐穿过的衣服改做的旧衣服。上学后，每次开学前付学费时，都要申请分期付款。对于贫穷，父亲淡然而又坦然，他说："穷不要紧，要紧的是做一个正派人，做一个对社会有贡献的人。"我们从未因贫穷而感到耻辱和窘困，这和父亲的态度有关。就算在气氛最紧张的日子里，仍有厂里的老工人偷偷地跑来看父亲，还悄悄地塞钱接济我们家。这样的事情，在当时简直是天方夜谭。我由此了解了父亲的为人，也懂得了人与人之间，未必是你死我活的阶级斗争关系。父亲一直说："我最骄傲的事业，就是我的子女，个个都是好样的。"我想，我们兄弟姐妹都能在自己的岗位上有一些作为，和父亲的为人，和父亲对我们的影响有着很大关系。

记忆中，父亲的一双手老是在我的面前挥动……

我想起人生路上的三次远足，都是父亲送我的。他站在路上，远远地向我挥动着手，伫立在路边的人影由大而小，一直到我看不见……

第一次送别是我小学毕业，我考上了一所郊区的住宿中学，那是二十世纪六十年代初。那天去学校报到时，送我去的是父亲。那时父亲还年轻，鼓鼓囊囊的铺盖卷提在他的手中并不显得沉重。中学很远，坐了两部电车，又换上了到郊区的公共汽车。从窗外掠过很多陌生的风景，可我根本没有心思欣赏。我才十四岁，从来没有离开过家，没有离开过父母。想到即将一个人在学校里过寄宿生活，不禁有些害怕，有些紧张。一路上，父亲很少说话，只是面带微笑默默地看着我。当公共汽车在郊区的公路上疾驰时，父亲望着窗外绿色的田野，表情变得很开朗。我感觉到离家越来越远，便忐忑不安地问："我们是不是快要到了？"父亲没有直接回答我，指着窗外翠绿的稻田和在风中飘动的树林，答非所问地说："你看，这里的绿颜色多好。"他看了我一眼，大概发现了我的惶惑和不安，便轻轻地抚摸着我的肩膀，又说，"你闻闻这风中的味道，和城市里的味道不一样，乡下有草和树叶的气味，城里没有。这味道会使人健康的。我小时候，就是在乡下长大的。离开父母去学做生意的时候，只有十二岁，比你还小两岁。"父亲说话时，抚摸着我肩膀的手始终没有移开，"离开家的时候也是这样的季节，比现在晚一些，树上开始落黄叶了。那年冬天来得特别早，我离家才没有几天，突然就发冷了，冷得冰天雪地，田里的庄稼全冻坏了。我没有棉袄，只有两件单衣裤，冷得瑟瑟发抖，差点没冻死。"父亲用很轻松的语气，谈着他少年时代的往事，所有的艰辛和严峻，都融化在他温和的微笑中。在我的印象中，父亲并不是一个深沉的人，但谈起遥远往事的时候，尽管他微笑着，我却感到了他的深沉。那天到学校后，父亲陪我报到，又陪我找到自己的寝室，帮我铺好了床铺。接下来，就是我送父亲了，我要把他送到校门口。在校门口，父亲拍拍我肩膀，又摸摸我头，然后笑着说："以后，一切都要靠你自己了。开始不习惯，不要紧，慢慢就会习惯的。"说完，他就大步走出了校门，我站在校门里，目送着父亲的背影。校门外是一条大路，父亲慢慢地向前走着，并不回头。我想，父亲一定会回过头来看看我的。果然，走出十几米远时，父亲回过头来，见我还站着不动，父亲就转过身，使劲向我挥手，叫我回去。我只觉得自己的视线模糊起来……在我年少的心中，还是第一次感到自己对父亲是如此依恋。

父亲第二次送我，是我要去农村"插队落户"。

那天，我自己提着行李，父亲默默地走在我身边。快分手时，他才喃喃地说："你自己当心，有空常写信回家。"我上了车，父亲站在车站上看着我。他的脸上没有露出别离的伤感，而是带着他常有的那种温和的微笑，只是有一点勉强。我知道，父亲心里并不好受，他是怕我难过，所以尽量不流露出伤感的情绪。车开动了，父亲一边随着车的方向往前走，一边向我挥着手。这时我看见，他的眼睛里闪烁着晶莹的泪光。

父亲第三次送我，是我考上大学去报到的那一天。那已经是1978年春天，父亲早已退休，快七十岁了。那天，父亲执意要送我去学校，我坚决不要他送。父亲拗不过我，便让步说："那好，我送你到弄堂口。"这次父亲送我的路程比前两次短得多，但还没有走出弄堂，我发现他的脚步慢了下来。回头一看，我有些吃惊，帮我提着一个小包的父亲竟已是泪流满面。以前送我，他都没有这样动感情，和前几次相比，这次离家我的前景应该是最光明的一次，父亲为什么这样伤感？我有些奇怪，便连忙问："我是去上大学，是好事情啊，你干吗这样难过呢？"

父亲一边擦眼泪一边回答："我知道，我知道。可是，我想为什么总是我送你离开家呢？我想我还能送你几次呢？"说着，泪水又从他的眼眶里涌了出来。这时，我突然发现，父亲花白的头发比前几年稀疏得多，他的额头也有了我先前未留意过的皱纹。父亲是有点儿老了。唉，这是没有办法的事情，儿女的长大，总是以父母青春的流逝乃至衰老为代价的，这过程，总是在人们不知不觉中悄悄地进行，没有人能够阻挡。

父亲中年时期身体很不好，严重的肺结核几乎夺去他的生命。五十七岁时，父亲大病一场，但他总算摇摇晃晃地走过了命运的竹桥。过六十岁后，父亲的身体便越来越好，看上去比他实际年龄要年轻十几二十岁。曾经有人误认为我们父子是兄弟。八十岁之前，他看上去就像六十多岁的人，说话、走路，都没有老态。几年前，父亲常常一个人突然地就走到我家来，只要楼梯上响起他缓慢而沉稳的脚步声，我就知道是他来了，门还没开，门外就已经漾起他含笑的喊声……四年前，父亲摔断了胫骨，在医院动了手术,换了一个金属的人工关节。此后,他便一直被病痛折磨着,一下子老了许多,再也没有恢复以前那种生机勃勃的精神状态。他的手上多了一根拐杖,走路比以前慢得多,出门成了一件困难的事情。不过,只要遇到精神好的时候,他还会拄着拐杖来我家。

在我的所有读者中,对我的文章和书最在乎的人,是父亲。从很多年前我刚开始发表作品开始,只要知道哪家报纸和杂志刊登有我的文字,他总是不嫌其烦地跑到书店或者邮局里去寻找,这一家店里没有,他再跑下一家,直到买到为止。为做这件事情,他不知走了多少路。我很惭愧,觉得我那些文字无论如何不值得父亲走这么多路,然而怎么和他说也没用。他总是用欣赏的目光读我的文字,尽管不当我的面称赞,也很少提意见,但从他阅读时的表情,我知道他很为自己的儿子骄傲。对我的成就,他总是比我自己还兴奋。这种兴奋,有时我都觉得过分,就笑着半开玩笑地对他说:"你的儿子很一般,你不要太得意。"他也不反驳我,只是开心地一笑,像个顽皮的孩子。在他晚年体弱时,这种兴奋竟然还一如十数年前。前几年，有一次我出版了新书，准备在南京路的新华书店为读者签名。父亲知道了，打电话和我说他要去看看，因为这家大书店离我的老家不远。我再三关照他，书店里人多，很挤，千万不要凑这个热闹。那天早晨，书店里果然人山人海，卖书的柜台几乎被热情的读者挤塌。我欣慰地想，还好父亲没有来，要不，他撑着拐杖在人群中可就麻烦了。于是我心无旁骛，很专注地埋头为读者签名。大概一个多小时后，我无意中抬头时，突然发现了父亲，他拄着拐杖，站在远离人群的地方，一个人默默地在远处注视着我。唉，父亲，他还是来了，他已经在一边站了很久。我无法想象他是怎样拄着拐杖穿过拥挤的人群上楼来的。见我抬头，他冲我微微一笑，然后向我挥了挥手。我心里一热，笔下的字也写错了……

去年春天，我们全家陪着父母去杭州，在西湖边住了几天。每天傍晚，我们一起在湖畔散步，父亲的拐杖在白堤和苏堤上留下了轻轻的回声。走得累了，我们便在湖畔的长椅上休息，父亲看着孙子不知疲倦地在他身边蹦跳，微笑着自言自语："唉，年轻一点多好……"

死亡是人生的必然归宿,雨果说它是"最伟大的平等,最伟大的自由",这是对死者而言。对失去了亲人的生者们来说,这永远是难以接受的事实。父亲逝世前的两个月,病魔一直折磨着他,但这并不是什么不治之症,只是一种叫"带状疱疹"的奇怪的病,父亲天天被剧烈的疼痛折磨得寝食不安。因为看父亲走着去医院检查身体实在太累,我为父亲送去一辆轮椅,那晚在他身边坐了很久。他有些感冒,舌苔红肿,说话很吃力,很少开口,只是微笑着听我们说话。临走时,父亲用一种幽远怅惘的目光看着我,几乎是乞求似的对我说:"你要走?再坐一会儿吧。"离开他时,我心里很难过,我想以后一定要多来看望父亲,多和他说说话。我绝没有想到,再也不会有什么"以后"了,那天晚上竟是我们父子间的永别。两天后,他就匆匆忙忙地走了。父亲去世前一天的晚上,我曾和他通过电话,在电话里,我说明天去看他,他说:"你忙,不必来。"其实,他希望我每天都在他身边,和他说话,这我是知道的，但我却没有在他最后的日子里每天陪着他！记得他在电话里对我说的最后一句话是："你自己多保重。"父亲，你自己病痛在身，却还想着要我保重。你最后对我说的话，将无穷无尽地回响在我的耳边，回响在我的心里，使我的生命永远沉浸在你的慈爱和关怀之中。父亲！

在父亲去世后的日子里，我一个人静下心来，面前总会出现父亲的形象。他像往常一样，对着我微笑。他就站在离我不远的地方，向我挥手，就像许多年前他送我时，在路上回过头来向我挥手一样，就像前几年在书店里站在人群外面向我挥手一样……有时候我想，短促的人生，其实就像匆忙的挥手一样，挥手之间，一切都已经过去，成为过眼烟云。然而父亲对我挥手的形象，我却无法忘记。我觉得这是一种父爱的象征，父亲将他的爱，将他的期望，还有他的遗憾和痛苦，都流露在这轻轻一挥手之间了。

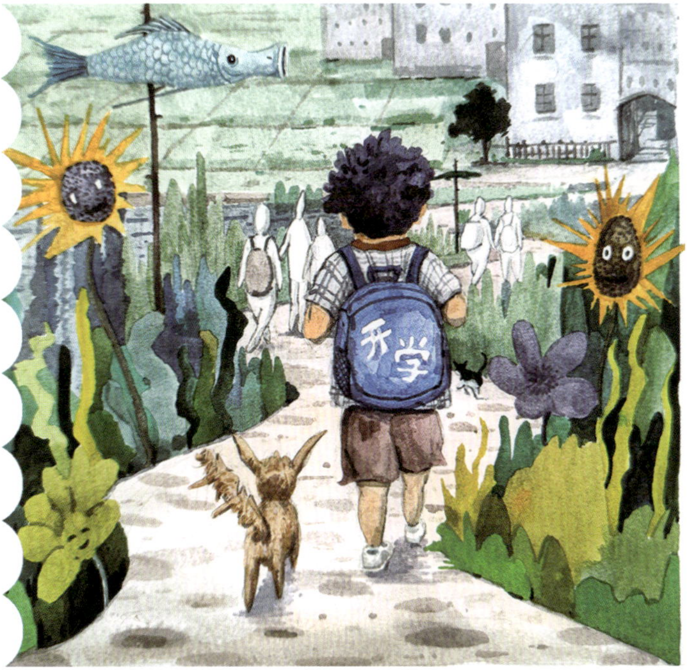
开学

你可要好好走路，不能在路上玩，也不要在半路上停留。告诉你，我心里有一个遥控摄像机，能拍下你在路上的一举一动。

盯梢

儿子上一年级时，我每天骑着自行车送他去学校，送了整整一年。他有时候坐在自行车的后面，有时坐在前面，上车下车的动作已经十分熟练。一路上，我们父子俩总是配合默契。即使遇到一点儿小小的意外，譬如和别的自行车相撞了，或者在下雪天滑倒了，他也能临危不惊，显得很沉着。

过了一年级的暑假，他要升二年级了。我和妻子商量后，觉得他可以自己走着去学校了。这一段路大概要走一刻钟，路上要穿两条马路。早上，路上人多车多，尤其是潮水一般的自行车大军，常常使得行人无法穿过马路。妻子有点儿担心，犹豫着："会不会有危险？还是你送他算了。"我也有些犹豫，但还是说服了妻子："总不能永远拉着孩子的手走路呀！"妻子之所以让步，是因为我提出了一个建议：

开始那几天，我跟在他后面暗中观察保护他，一直到他走进校门为止。

于是，我就成了一个跟踪者。开学的第一天早晨，儿子和我道别后，便兴致勃勃地出了门。出门前，我对他说："你可要好好走路，不能在路上玩，也不要在半路上停留。告诉你，我心里有一个遥控摄像机，能拍下你在路上的一举一动。"他不相信，说："你一定是骗我。"我说："那你看着，晚上回来时，我能说出你在路上的所有动作。"他还是不相信。一个人走出家门，他很兴奋，因为自打生下来之后，他还是头一次自己一个人走那么长一段路呢。以前，他一直很羡慕那些自己背着书包上学的孩子，因为他们自由自在，无拘无束。和大人在一起，难免被管头管脚。

儿子刚出门，我就跟着出去了。我和他保持一段距离，跟在他后面，看他一个人在路上走得怎么样。他一点儿也不紧张，不紧不慢走得很稳当。过马路时，他也是出乎我意料的沉着，先是在人行道上等了一会儿，等前方绿灯亮了，才疾步穿了过去。起初，他大概也想到我可能会跟着他，走一段路，就回头看一眼,我都躲过了他的视线。断定我并没有跟着他,他的脚步便放快了。走到一段宽阔的人行道时,他的情绪一下子高起来,蹦蹦跳跳地开始小跑步。经过一排铁栏杆时,他绕着栏杆兜了一圈,又从栏杆下面钻了过去。经过一家卖花草虫鱼的商店时,他站在橱窗前看了一会儿。我很想上前去催他快走,但还是忍住了。离开花鸟店,他一路小跑着向学校奔去……

下午回到家里,我对他说:"今天你自己上学,路上走得怎么样?"

他反问我:"你不是有遥控摄像机吗?你说说我走得怎么样?"

于是我把他在一路上的动作一一描述给他听。开始,他还用一种怀疑的表情听着我说,当我讲到他从栏杆底下钻过去,又在花鸟商店门口停留时,他惊奇地大喊起来:"你怎么会知道的?难道你真的有遥控摄像机?"我笑着点点头。他困惑地摇着头说:"奇怪,世界上真的有这么神奇的事情!"

第二天,我又跟踪了他一次。这次,他比第一天走得更稳当了。晚上回家,他问我:"你在遥控摄像机里看见了什么?"我说:"没看到什么,你走得很好。"他笑着说:"穿马路时,我在做鬼脸,你看见了没有?"我一愣,我看到的只是他的背影,他做鬼脸,我看不见。于是我说:"对不起,我的摄像机只能拍到你的背影,你脸上的表情,我看不见。"他"哦"了一声,埋头做他的功课,再不谈这件事情。

第三天早晨,我还是跟着他。见他已经完全能自己走着上学,我便准备把真相告诉他,我想,与其以后让他来戳穿,不如我自己讲出实情来。他快走近学校时,我加快脚步追上他,和他并排走起来。他发现了我,大叫道:"哦,原来你跟着我啊!"我说:"是的,我跟了你两天了。"他不满地说:"那么,遥控摄像机的事,是你在骗我?"我说:"我是和你开个玩笑。你看,今天我不是把真相告诉你了吗?"他又问:"你为什么要跟着我?"我说:"你从来没有自己穿过马路,我和妈妈都有点儿不放心,我想看看你怎么样,在后面保护你。"他抬起头,很严肃地看了我一眼:"你们为什么老是不放心?告诉你,我已经长大了,走这点儿路,算什么!以后你如果再跟着我,我可要生气啦!"

我笑着拍拍儿子的小脑袋，答应以后不再跟着他。在校门口和他挥手道别时，我一边为自己做了两天的盯梢者感到好笑，一边欣慰地想：儿子真的已经长大了。

母亲和书

又出了一本新书。第一本要送的，当然是我的母亲。在这个世界上，最关注我的，是她老人家。

母亲的职业是医生。年轻的时候，母亲是个美人，我们兄弟姐妹都没有她年轻时独有的那种气质。儿时，我最喜欢看母亲少女时代的老照片，她穿着旗袍，脸上含着文雅的微笑，比旧社会留下来的年历牌上那些美女漂亮得多，就是上世纪三四十年代上海滩那几个最有名的电影明星，也没有母亲美。母亲小时候上的是教会学校，受过很严格的教育。她是一个受到病人称赞的好医生。看到她为病人开处方时随手写出的那些流利的拉丁文，我由衷地钦佩母亲。

在我童年的记忆里，母亲是个严肃的人，她似乎很少对孩子们做出亲昵的举动。而父亲则不一样，他整天微笑着，从来不发脾气，更不要说动手打孩子。因为母亲不苟言笑,有时候也要发火训人,我们都有点怕她。记得母亲打过我一次,那是在我七岁的时候。那天,我在楼下的邻居家里顽皮,打碎了一张清代红木方桌的大理石桌面。邻居上楼来告状,母亲生气了,当着邻居的面用巴掌在我的身上拍了几下,虽然声音很响,但一点儿也不痛。我从小自尊心强,母亲打我,而且当着外人的面,我觉得很丢面子。尽管那几下打得不重,我却好几天不愿意和她说话,你可以说我骂我,为什么要打人?后来父亲悄悄地告诉我一个秘密:"你不要记恨你妈妈,那几下,她是打给楼下告状的人看的,她才不会真的打你呢!"我这才原谅了母亲。

我后来发现,母亲其实和父亲一样爱我,只是她比父亲含蓄。上学后,我成了一个书迷,天天捧着一本书,吃饭看,上厕所也看,晚上睡觉,常常躺在床上看到半夜。对读书这件事,父亲从来不干涉,我读书时,他有时还会走过来摸摸我的头。而母亲却常常限制我,对我正在读的书,她总是要拿去翻一下,觉得没有问题,才还给我。如果看到我吃饭时读书,她一定会拿掉我面前的书。一天吃饭时，我老习惯难改，一边吃饭一边翻一本书。母亲放下碗筷，板着脸伸手抢过我的书，说："这样下去，以后不许你再看书了。"我问她为什么，她说："读书是一辈子的事情，你现在这样读法，会把自己的眼睛毁了，将来想读书也没法读。"她以一个医生的看法，对我读书的坏习惯做了分析，她说："如果你觉得眼睛坏了也无所谓，你就这样读下去吧，将来变成个瞎子，后悔都来不及。"我觉得母亲是在小题大做，并不当一回事。

其实，母亲并不反对我读书，她真的是怕我读坏了眼睛。虽然嘴里唠叨，可她还是常常从单位里借书回来给我读。《水浒传》《说岳全传》《万花楼》《隋唐演义》《东周列国志》《格林童话》《钢铁是怎样炼成的》《牛虻》等书，就是她最早借来给我读的。我过八岁生日时，母亲照惯例给我煮了两个鸡蛋，还买了一本书送给我，那是一本薄薄的小书《卓娅和舒拉的故事》。在上世纪五十年代，哪个孩子生日能得到母亲送的书呢？

中学毕业后，我经历了不少人生的坎坷，成了一名作家。在我从前的印象中，父亲最在乎我的创作。那时我刚刚开始发表作品,知道哪家报刊上有我的文章,父亲可以走遍全上海的邮局和书报摊买那一期报刊。我有新书出来,父亲总是会问我要。我在书店签名售书,父亲总要跑来看热闹,他把因儿子的成功而生出的喜悦和骄傲全都写在脸上。而母亲,却从来不在我面前议论文学,从来不夸耀我的成功。我甚至不知道母亲是否读我写的书。有一次,父亲在我面前对我的创作问长问短,母亲笑他说:"看你这得意的样子,好像全世界只有你儿子一个人是作家。"

父亲去世后,母亲一下子变得很衰老。为了让母亲从悲伤沉郁的情绪中解脱出来,我们一家三口带着母亲出门旅行,还出国旅游了一次。和母亲在一起,谈话的话题很广,却从不涉及文学,从不谈我的书。我怕谈这话题会使母亲尴尬,她也许会无话可说。

去年,上海文艺出版社出版了我的一套自选集,四厚本,一百数十万字,字印得很小。我想,这样的书,母亲不会去读,便没有想到送给她。一次我去看母亲,她告诉我,前几天,她去书店了。我问她去干什么,母亲笑着说:"我想买一套《赵丽宏自选集》。"我一愣,问道:"你买这书干什么?"母亲回答:"读啊。"看我不相信的脸色,母亲又淡淡地说:"我读过你写的每一本书。"说着,她走到房间角落里,那里有一个被帘子遮着的暗道。母亲拉开帘子,里面是一个书橱。"你看,你写的书一本也不少,都在这里。"我过去一看,不禁吃了一惊,书橱里,我这二十年中出版的几十本书都在那里,按出版的年份整整齐齐地排列着,一本也不少,有几本还精心包着书皮。其中的好几本书,我自己也找不到了。我想,这大概是全世界收藏我的著作最完整的地方。

看着母亲的书橱,我感到眼睛发热,好久说不出一句话。她收集我的每一本书,却从不向人炫耀,只是自己一个人读。其实,把我的书读得最仔细的,是母亲。母亲,你了解自己的儿子,而儿子却不懂得你!我感到羞愧。

母亲微笑着凝视我,目光里流露出无限的慈爱和关怀。母亲老了,脸上皱纹密布,年轻时的美貌已经遥远得找不到踪影。然而在我的眼里,母亲却比任何时候都美。世界上,还有什么比母爱更美丽更深沉呢?

死，是可以议论的

　　路上的梧桐叶被风吹动，发出窸窸窣窣的响声。空中落叶也随风舞动着，飘飘悠悠，如金黄的蝴蝶在夕照中翻跹。如果说，这些落叶象征着一种生命的结束，那么，这种结束是优美动人的，那一片一片金黄，那一阵一阵飘舞，使我感受到生命辉煌的色彩和优美的律动。

　　牵着儿子的小手，在黄叶遍地的香山路散步。儿子还不到六岁，思维却已十分活跃，和他交谈是我生活中的一大乐趣，尤其是在这样的傍晚，在这样寂静无人的路上，有什么声音能比落叶的低语和清脆的童音更颤人心魄？

　　儿子常常会提出一些奇怪的问题，使我难以作答，这时我们父子俩便会很自然地处在一个平等的地位上，对这些问题加以讨论。譬如那天傍晚，我们默默地走着，儿子突然抬头问道："爸爸，你知道死的感觉是怎么样的？"

死的感觉如何？我不知道。儿子的提问使我大吃一惊。

"爸爸，你告诉我死的感觉怎么样？"儿子锲而不舍，而且很认真。

"我不知道，"我只能如实回答，"因为我没有死过。"

儿子"哦"了一声，然后莞尔一笑，学着电视节目主持人的腔调大声说："不死不知道，一死就知道！"

我们两个人一起开心地笑起来，笑声和落叶一起在静悄悄的路上飘飞。一个关于死的话题居然引出笑声来，我没想到。

"爸爸，其实我知道，死就和睡着了一样，对不对？"儿子还是想继续死的话题。

"我想，死和睡着了不一样。"

"为什么？"

"睡着了会做梦，死了不会；睡着了会醒来，死了永远不会再醒。"

儿子又"哦"了一声。没走几步，他又提出一个新的问题："爸爸，假如我死了会怎么样？"

我的心里咯噔了一下。小凡笑嘻嘻地等待着我的回答。

"不，不可能的！"我不想继续这一话题。

对我的答非所问，儿子显然不满意。他很认真地又把他的问题重复了一遍。

"不，你不会死的。"

"爸爸，你不是说过，每个人都会死的吗？我怎么不会死呢？"

是的，儿子讲得不错。我感到真理是在他这一边，看来不能再回避这一话题。于是我向他解释道："是的，每个人最后都难免要死，不过你还小，死离你还很远，你不要去想它。"

"假如！"儿子还固执地坚持他的问题，"爸爸，我说的是假如！假如我死了会怎么样？"

"假如，是的，假如。"我只能认真回答了，"假如你死了，我会非常悲伤，我永远不会再有快乐。"

"为什么？"儿子瞪大了亮晶晶的眼睛凝视着我。

"因为我再也见不到你，再也不能拉着你的手散步、说话。不过，只要爸爸还活着，就绝不会让这事发生！"

接着我问道："假如我死了，你会怎么样？"

"我会很伤心，会哭，会想念你。"

"为什么？"

"因为你死了我就永远没有爸爸了！"儿子想了一想，又补充道，"不过，我也不会让这件事情发生。我会保护你！"

在我们对话的时候，有一个和我们同路的老妇人一直注意听着。她的表情由惊奇而恐惧。最后，她忍不住瞪着我大声插话了："神经病！跟小囡讲这种话！"说完愤然而去，像是在躲避瘟神。

儿子看着老妇人的背影，纳闷地问道："奇怪，她为什么要骂人？"

"因为，她认为死是不能议论的。小凡，你认为我们说错什么了吗？"

"没有哇！"

是啊，既然死是生命的必然归宿，和孩子谈谈又何妨呢？

就在我用一种略带沉重的心情回味着我们父子

的对话时,小凡已经挣脱了我的手,在铺满落叶的香山路上奔跑起来。他使劲踢起地上的落叶,一边跑一边快活地笑着,金黄的落叶在他的笑声里飞舞,犹如蝴蝶翩跹……